NARRATORI MODERNI

NORIKO ONUMA

LA PASTICCERIA DI MEZZANOTTE

LA STRANIERA

Traduzione di
DANIELA TRAVAGLINI

Garzanti

Prima edizione: marzo 2025

Traduzione dal giapponese di
Daniela Travaglini

Titolo originale dell'opera:
Mayonaka No Panyasan: Gozen 0ji No Recipe

ISBN 978-88-11-01530-7

Printed in Italy

www.garzanti.it

LA PASTICCERIA DI MEZZANOTTE
LA STRANIERA

AVVERTENZA

Per la trascrizione dei termini giapponesi è stato adottato il sistema Hepburn, secondo il quale le vocali sono pronunciate come in italiano e le consonanti come in inglese.
Si noti inoltre che:

ch è un'affricata come la *c* nell'italiano *cera*
g è sempre velare come in *gatto*
h è sempre aspirata
s è sorda come in *sandalo*
sh è una fricativa come *sc* nell'italiano *scena*
w si pronuncia coma una *u* molto rapida
y è consonantico e si pronuncia come la *i* italiana.

Il segno diacritico sulle vocali indica l'allungamento delle medesime.

OPEN

Di notte, la città è sempre illuminata nel punto in cui la Shuto Expressway e l'autostrada nazionale si sovrappongono. Forse perché la luce dei lampioni dell'autostrada si riversa sull'intera città, diluendo l'oscurità che dovrebbe esserci di notte.

Davanti alla stazione, di fronte a Setagaya-dōri, ci sono fastfood, *izakaya,* tavole calde, caffè, librerie, supermercati aperti fino a tarda sera, da cui si diffonde una debole luminosità. Anche le automobili, che vanno e vengono come api operose, illuminano la strada con fervore.

Sono tante le cose che accendono le notti di questa città. Una città che non dorme mai.

Le luci, tuttavia, contengono pochi colori. Anche le insegne al neon sugli edifici sono diverse da quelle che di solito dovrebbero stimolare le persone agli acquisti. Pur attirando l'attenzione, emanano un senso di tranquillità e spensieratezza che allevia i desideri invece di scatenarli. C'è qualcosa di idilliaco e pacifico, in questo: come un gatto che sbadiglia.

Il forno-pasticceria si trovava a poca distanza dalla stazione, dietro a una zona residenziale.

L'insegna color crema davanti al negozio recitava: BOULANGERIE KUREBAYASHI, che in francese significa PANETTERIA KUREBAYASHI.

Aveva aperto da poco meno di un mese e lavorava dalle

23 alle 5, per questo era conosciuta come la *pasticceria di mezzanotte*. Nel negozio si diffondeva una luce fioca, talmente debole che sembrava rugiada iridescente stillata da un contagocce su un foglio da disegno nero. Non era la luce ad attrarre le persone, ma il profumo che emanava. L'aroma dolce del grano, dello zucchero e del burro crepitava nell'aria, avvolgeva di quiete il negozio, insieme alla notte silenziosa.

L'odore del pane e l'abbagliante assortimento di prodotti da forno catturavano l'attenzione, quando si varcava la soglia. Tre tipi di pane francese erano allineati sugli scaffali all'ingresso: baguette, *pain bâtard* e *ficelle*. La cottura al forno aveva conferito loro un meraviglioso color nocciola, e la forma era perfetta. Accanto a questi, c'erano pane di segale e una discreta varietà di pagnotte. Le fette erano regolari e sottili. A complemento, sugli scaffali a sinistra erano allineati pan dolce, panini ripieni e pasticcini. *Anpan*, *melonpan*, panini alla cannella, al prosciutto, alle uova e al salmone, pane al curry e alla frutta, brioche e croissant alle mandorle, danesi all'amarena e al lampone, e molto altro. Questi prodotti, dai colori sgargianti, erano esposti in modo da travolgere il cliente.

In negozio si trovavano due uomini. Il primo, sulla trentina, indossava un grembiule bianco e occhiali dalla montatura leggera, che ne incorniciavano il volto, segnato da una sottile barba e un sorriso gentile. Era alto, ma una lieve gobba ne smorzava la statura imponente.

Il suo lavoro principale era servire i clienti al bancone e lo faceva per lo più da solo. Non c'erano ancora molte persone che visitavano il negozio, ma non era nemmeno così tranquillo da poter stare con le mani in mano. Chi acquistava il pane una volta diventava cliente abituale. Forse a causa degli orari di apertura, a volte venivano in negozio ubriachi e brutti ceffi, ma l'uomo con barba e occhiali sembrava non farsi intimorire e accoglieva anche loro con il sorriso e chiacchierando allegramente. Aveva un atteggiamento calmo e pacato, sembrava solido come una roccia. Ma forse più semplicemente era indifferente.

L'altro, più giovane e dall'aspetto curato, era un vero maestro del pane. L'abito nero da cuoco sembrava cucito addosso alla sua figura esile e agile. Con movimenti precisi e fluidi sollevava sacchi di grano e grandi pentole. Con mani sottili e flessuose impastava la farina, dando vita, una dietro l'altra, a pagnotte perfette. Il suo volto inespressivo e freddo contrastava con il calore del forno. Sembrava infallibile, così concentrato sul suo compito. La sua figura affascinava i clienti, che tornavano spesso solo per ammirarlo all'opera.

Ecco perché la Boulangerie Kurebayashi stava andando bene, anche se era aperta da poco. Il proprietario del negozio, l'uomo con barba e occhiali, sorrideva ogni volta che calcolava gli incassi. L'uomo vestito di scuro, invece, si accigliava ogni volta che ascoltava il resoconto delle vendite.

«Non è ancora abbastanza. Non è abbastanza», diceva. «Non posso accontentarmi. Voglio ampliare i miei canali di vendita e puntare a un secondo e terzo negozio. Voglio che i miei prodotti siano consumati dal maggior numero di persone possibile.»

In ogni caso, era un uomo sicuro di sé.

In risposta, l'uomo con barba e occhiali gli sorrideva.

«Sarà così, ne sono certo.»

Tra il serio e il faceto, le sue parole a volte assumevano un tono trionfale.

«Che il buon pane sia diffuso a tutta l'umanità!»

Una fredda notte, il primo aprile, un imprevisto turbò la quiete della Boulangerie Kurebayashi.

Quel giorno, come d'abitudine, i due uomini andarono al negozio verso sera. Svolgevano il loro lavoro con calma, come al solito.

Il negozio aveva aperto alle 23, come sempre. E subito dopo accadde qualcosa di inaspettato.

«Scusate!»

La porta si spalancò con forza e apparve una ragazza con un'espressione sconvolta sul viso.

All'uomo con barba e occhiali venne da pensare a una tempesta primaverile.

«Cerco una persona che si chiama Miwako Kurebayashi. È qui?»

La ragazza era una studentessa: indossava l'uniforme di un liceo.

«Miwako è mia moglie», rispose l'uomo con barba e occhiali, ovvero Yōsuke Kurebayashi.

La ragazza lo osservò perplessa, inclinando la testa.

«Il marito di Miwako Kurebayashi non è un uomo d'affari che lavora all'estero?»

Incuriosito da quella strana ragazza, alla domanda rispose l'uomo in grembiule nero, Hiroki Yanagi, portando il pane appena sfornato dalla cucina.

«È stato molto tempo fa, ora è il mio apprendista. È il proprietario e l'apprendista *boulanger* di questo negozio.»

La liceale sembrò confusa dalla risposta di Hiroki. Aggrottando le sopracciglia, mormorò: «Io sapevo una storia diversa», con una voce appena udibile.

Kurebayashi e Hiroki si guardarono perplessi, non riuscendo a capire di cosa stesse parlando.

Dopo un momento di esitazione, facendosi coraggio, la ragazza si avvicinò a Kurebayashi e appoggiò la borsa Boston a tracolla sul bancone.

«Piacere di conoscerla. Mi chiamo Nozomi Shinozaki.»

Di fronte a Nozomi, che si era appena presentata con un'espressione vuota sul volto, Kurebayashi ricambiò con un sorriso.

«Anche per me è un piacere conoscerti. Sono Yōsuke Kurebayashi. Il marito di Miwako.»

Il saluto di Kurebayashi mise Nozomi ancora più a disagio. Kurebayashi pensò che quella ragazza si agitava per qualunque cosa.

«Kurebayashi, ha notizie da sua moglie?»
«In che senso?»
«Il mio nome, per esempio, non le dice nulla?»
Kurebayashi, piegando le braccia, socchiuse gli occhi e guardò in aria come cercando di ricordare qualcosa. Dopo qualche minuto, con l'espressione di chi non era venuto a capo di nulla, sorrise.
«No, mi dispiace.»
«Sono la sorella minore di Miwako.»
«Prego?»
«Sono sua sorella minore, o meglio: la sua sorellastra.»
La confessione giunse talmente inaspettata da lasciare Kurebayashi e Hiroki sotto shock.
«Sua sorella...»
«Sorellastra...»
I due commentarono all'unisono, mentre Nozomi continuava a parlare come un fiume in piena.
«In realtà, ci sono diverse ragioni per cui sono qui, e vorrei rimanerci per un po', se non ci sono problemi. Mi dispiace irrompere a quest'ora della notte, anzi vi chiedo scusa, ma ho bisogno di vedere mia sorella e di parlarle.»
Erano trascorsi circa una ventina di giorni dall'apertura del negozio.
Nozomi Shinozaki fu il primo ingrediente bizzarro a mescolarsi alla tranquillità della Boulangerie Kurebayashi.

1.
FRAISAGE

Nozomi Shinozaki era sempre arrabbiata. Si arrabbiava per i treni affollati, per i semafori rossi, per il modo in cui il suo viso si contraeva agli angoli della bocca, in una smorfia che non le piaceva, e per l'abitudine di tagliarsi i capelli sempre troppo corti. Si arrabbiava persino per il cielo azzurro, il sole splendente e i fiori che sbocciano rigogliosi.

Quindi, ovviamente, si era arrabbiata quando la sua amica d'infanzia, Miki Suzuka, le aveva detto: «Tua madre è come un cuculo...».

Era stato poco dopo l'inizio del secondo anno delle scuole medie.

«I cuculi, sai, depongono le uova nei nidi di altri uccelli e non allevano i propri piccoli. Si chiama *parassitismo di covata.* Anche tua madre fa così.»

Suzuka lo aveva spiegato con aria allegra. Le guance della ragazza sorridente, rosee e lisce come pesche, erano appena velate di peluria. Nozomi raramente aveva sentito l'impulso così forte di strapparle quei peli a uno a uno. Era furibonda. Ma, in qualche modo, era riuscita a soffocare la rabbia e aveva risposto con apparente calma: «Oh, sì, è proprio così. Mia madre, in effetti, lascia la cura dei suoi figli ad altri».

Di fronte a quella risposta così diretta, Suzuka aveva assunto un'espressione di sgomento.

"Ben le sta", aveva pensato Nozomi.

In realtà, ne era fin troppo consapevole. Suzuka stava cercando di ferirla. Perciò, Nozomi aveva accettato il suo sarcasmo, poi, con tono distaccato, mettendosi su un altro livello, aveva aggiunto: «Ma non importa. Finché un bambino viene educato in modo decente, non conta come o da chi venga cresciuto».

A volte Nozomi ripensava a quel periodo, a quanto fosse tipico per gli studenti delle medie vedersi in qualche modo presi in giro dagli altri.

"All'epoca ero ancora molto giovane. Ero in continua competizione con Suzuka, che cercava di farmi del male. Ma ora non faccio più cose così stupide. È inutile avere a che fare con lei. Suzuka e io alla fine ci siamo ritrovate a frequentare la stessa scuola superiore, ma ora la ignoro qualunque cosa cerchi di farmi o dire."

Nonostante fosse stata allevata da una *mamma cuculo*, come aveva detto Suzuka, Nozomi era cresciuta in modo relativamente normale. Crescere in modo decente era sempre stata la sua intenzione. Alle medie aveva vinto un premio per la frequenza e alle superiori era entrata in una scuola pubblica di alto livello. I suoi voti erano nella media, quindi era improbabile che potesse entrare all'Università Imperiale di Tokyo, ma era convinta di poter aspirare a un'altra università della capitale. Non era sicura di potersi permettere le tasse, ma intendeva proseguire gli studi anche chiedendo una borsa di studio.

Anche se si diceva che il sistema educativo fosse fallimentare, Nozomi ci teneva moltissimo. Non voleva essere rifiutata a causa della sua preparazione e non voleva che gli altri ridessero di lei per la sua ignoranza. Soprattutto, perché sua madre le aveva ripetuto per tutta la vita: «Non c'è niente da imparare a scuola. Andarci è solo una perdita di tempo».

Doveva fare esattamente l'opposto di ciò che le diceva sua madre. In questo senso, sua madre era stata un'ottima insegnante.

La madre di Nozomi era nata e cresciuta in una cittadina rurale di pescatori. In realtà, proveniva da una famiglia rispettabile – i suoi genitori e altri parenti lavoravano nell'istruzione – ma aveva trascorso l'adolescenza comportandosi da ribelle e, causando molti problemi alla famiglia: si tingeva i capelli di biondo, girava con una moto rubata e fuggiva ripetutamente con ragazzi poco raccomandabili. Poi, era scappata di casa per andare a Tokyo subito dopo il diploma di scuola media. Cinque anni dopo, era tornata incinta. Nel suo ventre c'era Nozomi.

La diede alla luce non rivelando il nome del padre. Poi scomparve di nuovo, abbandonando Nozomi senza dire dove andasse. Era davvero una parassita. Così, senza nemmeno conoscere il volto di sua madre, Nozomi fu allevata dai nonni fino all'età di sei anni. Quando stava per iniziare le elementari, sua madre riapparve all'improvviso, si limitò a dirle: «Sono tua mamma», e la portò con sé a Tokyo.

Secondo il racconto di sua madre, era stata la nonna ad andarla a cercare.

«Dovresti essere tu a crescere questa bambina.»

La nonna aveva lasciato Nozomi a casa e aveva cercato sua figlia, che viveva da sola a Tokyo, irrompendo nel suo appartamento e dicendole: «Non importa che genere di persona tu sia, se metti al mondo un figlio, sei una madre e devi esserne consapevole. Se continui così, questa bambina finirà per diventare come te».

Quelle parole dovevano averla colpita. Poco dopo, riprese con sé Nozomi e iniziarono a vivere insieme. Ma un cuculo rimane un cuculo. Così, iniziò ad affidare Nozomi a persone diverse dai nonni. Non si trattava di periodi lunghi, come anni o mesi, ma per mezze giornate o dieci giorni Nozomi era costretta a vivere con adulti sconosciuti.

Le persone a cui la madre affidava Nozomi erano di solito la proprietaria dello snack bar in cui lavorava, i suoi colleghi, uomini che frequentava, negozianti della galleria commerciale in cui andava a bere, un'infermiera conosciuta al pronto soccorso o qualcuno che leggeva la sua stessa rivista in libreria: non importava chi fossero.

A causa di questi passaggi di mano, Nozomi ebbe anche esperienze negative. Un collega del bar la chiuse fuori sul balcone e alcuni ragazzi la bullizzarono ripetutamente. Tuttavia, nel tempo, il *parassitismo di covata* della madre migliorò gradualmente. A poco a poco, imparò a selezionare meglio le persone a cui affidarla. Quando Nozomi iniziò le medie, quasi tutte le persone che si prendevano cura di lei la accoglievano calorosamente. Trascorrevano le giornate con lei in modo naturale e divertente. In altre parole, la madre era diventata un cuculo davvero eccellente. Sembrava sapere esattamente come e a chi affidare Nozomi.

Tuttavia, negli ultimi tempi quel suo comportamento parassitario era diminuito. Due anni prima, dopo la morte dei nonni, la frequenza di questi affidamenti era calata e non si erano più verificati da quando Nozomi era entrata al liceo.

Nozomi credeva che sua madre, con la morte dei propri genitori, fosse stata in qualche modo costretta a maturare. E, man mano che la figlia cresceva, probabilmente si era resa conto che anche lei doveva diventare adulta. Non era più il momento di fare la stupida cuculo, cinguettando d'amore e scappando con gli uomini, per lasciare sola la figlia.

Ma questa di Nozomi era un'osservazione ingenua. Aveva sottovalutato l'istinto del cuculo. Non importava quanto potesse maturare o diventare consapevole del suo ruolo. I cuculi, a un certo punto, dovevano deporre le loro uova.

Era la mattina del primo aprile. Nozomi, a casa per le vacanze di primavera, si svegliò verso mezzogiorno e uscì dalla sua stanza. L'abitazione di Nozomi era una vecchia casa e, se andava in salotto a quell'ora, di solito trovava sua madre addormentata sul pavimento, reduce da una notte brava nel locale in cui lavorava.

Ma quel giorno non c'era. Nozomi si chiese se fosse tornata per pranzo. Andò in cucina e iniziò a bere latte direttamente dal cartone, davanti al frigorifero, come faceva di solito. Solo allora sentì che c'era qualcosa che non andava.

Smise di bere e guardò l'ingresso della cucina, dove vide i suoi mocassini. Le scarpe con il tacco di sua madre, di solito disposte in modo disordinato, erano scomparse.

Nozomi ebbe un brutto presentimento, posò il cartone del latte sul lavandino e andò nella camera di sua madre. Aprì la porta scorrevole.

La stanza era vuota.

Lo scaffale dell'armadio su cui erano appesi i vestiti in disordine non c'era più, così come lo specchio con l'ammasso di cosmetici e il *futon* disfatto con le lenzuola rosa e viola.

Sul *tatami* c'erano solo due buste, una piccola e una grande. Quella grande conteneva una lettera, un libretto bancario, il bancomat e una tessera assicurativa sanitaria. La lettera era breve e concisa.

Cara Nozomi!

Immagino il tuo stupore nel leggere questa lettera. Sorpresa, eh?

Mi dispiace, ma la mamma sta per intraprendere un lungo viaggio e, per questo motivo, ho deciso di portare via tutte le mie cose. Ho già sistemato la mia stanza e disdetto l'appartamento, quindi ti chiedo gentilmente di andartene oggi stesso. La padrona di casa si occuperà del resto. Assicurati di portare con te tutto ciò che ti serve.

I soldi che troverai nel conto di deposito sono destinati alle tue tasse scolastiche e al tuo abito da sposa. Considero il tuo diploma di scuola superiore e la celebrazione del tuo diciottesimo compleanno un mio dovere nei tuoi confronti, e per questo ho fatto di tutto per garantirteli.

Ah, c'è un'altra sorpresa che ti aspetta, Nozomi: la tua nuova casa sarà quella di tua sorella maggiore. Sì, hai una sorella maggiore! O meglio, una sorellastra. Sembra una brava persona. Ha circa vent'anni più di te, praticamente ha l'età di tua madre. È sposata e vive in un elegante condominio a Setagaya. Suo marito è un uomo d'affari che lavora all'estero, quindi immagino siano molto ricchi.

Troverai l'indirizzo di tua sorella nell'altra lettera. Sono sicura che riuscirai ad arrivarci da sola, vero, Nozomi?

Mamma

Inizialmente pensò si trattasse di uno scherzo, di un classico pesce d'aprile. Ma ben presto comprese che era tutto vero. Quando la padrona di casa le comunicò di dover lasciare l'appartamento entro la fine della giornata, perché l'indomani sarebbe arrivata l'impresa di pulizie, Nozomi capì.

La malattia di sua madre si era riaccesa. Probabilmente aveva iniziato a convivere con uno degli uomini che frequentava. Non provò né shock né rabbia. Conosceva bene sua madre, ne conosceva i modi di fare.

Ma l'esistenza di una sorellastra la lasciò perplessa. Sbuffò, scettica. Non poteva avere una sorellastra. Sapeva di avere due fratellastri, uno maggiore e uno minore.

Sua madre aveva cercato di nasconderlo, ma Nozomi lo aveva scoperto al primo anno di liceo. Per errore, era stato riportato il nome di suo padre nel registro di famiglia. E così, Nozomi era riuscita a trovarlo.

Quando aveva provato a contattarlo per conoscerlo, lui aveva rifiutato categoricamente. Nozomi, a quel punto, era andata a casa sua. Lì, in periferia, aveva visto il padre circondato dalla moglie e dai figli, che giocavano allegramente insieme.

In quel momento, Nozomi aveva deciso di escludere il padre dalla sua vita.

"Non ho bisogno di un uomo così noioso. Sono la figlia strana di quella donna. Questo mi basta. Non ho bisogno di un padre."

Ciò che la lasciava davvero senza parole, stavolta, era la

sua mamma cuculo. Che brava persona aveva potuto ingannare, al punto da farle credere di essere la sua sorellastra? Be', qualsiasi vittima di una parassita da covata doveva essere un'anima candida, non c'era dubbio. Ma era comunque una menzogna spudorata.

Con questa strana forma di ammirazione in mente, Nozomi iniziò a mettere le sue cose nella borsa Boston. Chiese alla padrona di casa se poteva lasciare i pesanti vestiti invernali e la biancheria da letto da lei per la notte. Erano passate le nove quando finì di preparare le sue cose e uscì di casa. Poi, in silenzio, si recò all'indirizzo riportato nell'altra lettera, scritta dalla sua presunta sorellastra a sua madre.

Durante il tragitto, diede un'occhiata al contenuto della lettera. Sembrava fosse stata ingannata dalle bugie del cuculo.

La notizia di Shinozaki è stata una grandissima sorpresa...

Mio padre è morto...

Ma il fatto di avere una sorella minore è davvero una felice notizia, per me...

Se c'è qualcosa che posso fare, vorrei aiutarvi...

Ho pensato che potrebbe vivere a casa nostra, anche se non è grande...

La lettera proseguiva con tante belle parole scritte con cura.

"Che brava persona", pensò Nozomi. "Mi chiedo che tipo di educazione serva per diventare una persona dal cuore così puro e senza alcun sospetto."

Quando Nozomi controllò il timbro postale, scoprì che la lettera risaliva a circa sei mesi prima. In pratica, era già passato mezzo anno da quando la madre aveva intrattenuto quello scambio epistolare. Quindi, erano sei mesi che si stava preparando ad abbandonarla.

Questo era il culmine del suo parassitismo, Nozomi ne

era profondamente impressionata e costernata allo stesso tempo. Non sapeva giudicarla come madre umana, ma come madre cuculo era impeccabile.

"Per lasciare la figlia alle cure di qualcun altro, pianifica, risparmia e racconta bugie. È impressionante."

Dopo aver cambiato treno, Nozomi scese alla stazione dove viveva sua sorella.

Ed ecco la Boulangerie Kurebayashi.

La panetteria si trovava in una zona residenziale non particolarmente elegante. L'edificio era antiquato, ma il negozio sembrava nuovo. Aveva l'aria di una pasticceria ricavata da un'abitazione. Incerta sul perché ci fosse un negozio all'indirizzo di sua sorella, Nozomi aprì di scatto la porta.

Dentro c'erano due uomini, uno dei quali si presentò come il marito di sua sorella. Nozomi inclinò la testa, conoscendo una storia diversa. Suo marito non lavorava all'estero? Non era un uomo d'affari?

Comunque, Nozomi chiese di incontrare Miwako Kurebayashi, pensando che sarebbe stato più facile parlare direttamente con lei. La mamma cuculo aveva deciso che era quella la persona a cui affidarla. Se fosse riuscita a incontrarla, tutto si sarebbe risolto.

Ma l'ottimismo di Nozomi svanì presto.

«Ecco, mi piacerebbe fartela incontrare, ma...» l'uomo che diceva di essere suo marito le raccontò un fatto inaspettato. «Miwako è morta circa sei mesi fa.»

"Mia madre, il cuculo perfetto, ha commesso un errore all'ultimo momento. Non posso crederci, la persona a cui doveva affidarmi è morta. E adesso? Che faccio... Cosa dovrei fare, eh, cuculo?"

Circondata da uno sconcertante numero di pagnotte, Nozomi, in preda al panico, tremò di rabbia.

***

Kurebayashi spiegò che sua moglie era morta in un giorno di sole, circa sei mesi prima.

«Quel giorno un tifone è arrivato in tarda mattinata e ha portato via tutte le nuvole, il cielo era terso.»

Sua sorella stava osservando il cielo da un sentiero in collina. A quanto pareva, guardare il cielo era uno dei suoi pochi hobby. Il vento del tifone soffiava fortissimo contro il cielo azzurro e sgombro. Polvere e sacchetti di plastica bianca di un minimarket volavano ovunque. Anche finestre e insegne degli edifici dovevano tremare e oscillare.

«Era solo vento forte. Ma un tetto di lamiera è stato spazzato via ed è caduto su Miwako. È morta sul colpo, senza percepire dolore.»

"Quindi ci sono persone che muoiono così." Mentre Nozomi rifletteva, Hiroki, accanto a Kurebayashi, intervenne: «Dicono che Dio chiami a sé le persone buone. Miwako lo era. La bellezza di una vita fugace».

Nozomi guardò la lettera sul tavolo. L'anniversario della morte della sorellastra cadeva il giorno dopo la data di spedizione. Aveva fatto di tutto per spedire la lettera durante un tifone. Una brava persona che Dio aveva chiamato troppo presto a sé. Nozomi ne era convinta. E poiché era così buona, doveva avere anche un buon marito.

«Non sapevo che Miwako avesse una sorella», disse Kurebayashi, guardando qualcosa di abbagliante davanti a sé.

Kurebayashi invitò Nozomi, che si era presentata come la sorella di Miwako, al tavolo, senza sospettare nulla. Le offrì pane, caffè, caffellatte o solo latte, visto che era notte fonda. Poi, non appena lesse la lettera, iniziò a parlare velocemente.

«Al secondo piano c'è l'ex abitazione di Miwako. Nessuno la usa, se non hai dove andare, puoi stare lì.»

Nozomi era sorpresa, si aspettava più sospetto nei suoi confronti. Si era preparata a confusione o fastidio, ma la generosità di Kurebayashi la spiazzò. Era davvero una brava persona. Non aveva l'aria di un uomo d'affari o di uno particolarmente ricco, come avrebbe dovuto essere; tuttavia, non dava segnali di pericolo. Le chiese allegramente dove andasse al liceo, che classe frequentasse e se pensasse di fare gli esami di ammissione e le spiegò come cambiare a Omotesandō per la Ginza Line.

Nel frattempo, arrivarono un paio di clienti ubriachi. Kurebayashi si rivolse al collega: «Devo occuparmi del negozio; Hiroki, accompagna Nozomi-chan in camera sua». Poi, con un sorriso stampato sul volto, si diresse verso i clienti.

«Benvenuti. Abbiamo panini alla crema e *melonpan* appena sfornati. Ah, volete finire il vostro drink? Allora, che ne dite dei panini al curry? Ricordano quasi una zuppa...»

Mentre osservava Kurebayashi parlare in modo disinvolto con uno degli ubriachi, Nozomi, su richiesta di Hiroki, salì le scale sul retro della cucina. Hiroki borbottò che anche lui aveva del lavoro da fare, ma Nozomi soppresse l'impulso di schioccare la lingua e lo seguì in silenzio. Erano passati pochi minuti dal loro incontro, non era il caso di rispondere male.

Il secondo piano della panetteria era un piccolo spazio tranquillo, da cui si poteva osservare la strada. Era, come aveva detto Kurebayashi, una casa normale e vecchio stile. Pareti bianche d'argilla, finestre con intelaiature di legno e un corridoio con assi marroni e porte scorrevoli che sembravano condurre a stanze, una a destra e una a sinistra. Nel vicolo cieco del corridoio, a sinistra, c'era una porta con una finestra in vetro.

«Una è la stanza di Miwako-san e l'altra è un ripostiglio. Quale vuoi usare?» domandò Hiroki appena saliti.

Nozomi, esitando, rispose: «Il ripostiglio».

Hiroki annuì e aprì la porta scorrevole a sinistra. Entrò nella stanza come se la conoscesse bene e pigiò l'interruttore.

Una lampadina spoglia appesa al soffitto si accese, illuminando la stanza. Era una camera spartana, con quattro stuoie di *tatami* e priva di oggetti. Dall'altra parte dell'ingresso c'era una finestra con una tenda tirata, a sinistra un *fusuma*, una porta scorrevole che sembrava di un armadio. A destra c'erano due librerie: una grande e una piccola.

Pensando a quel luogo come al suo nuovo nido, Nozomi non poté fare a meno di chiedere notizie del proprietario.

«Ma il marito di mia sorella, non abita qui...?»

«Kure-san vive in un appartamento in fondo alla strada.»

«Perché non vive qui?»

«Fino alla morte di Miwako-san, ha vissuto per tanti anni all'estero. Dopo, è tornato in Giappone, ma diceva di avere troppi bagagli dalla sua vita all'estero per poter stare in questa casa. Così ha preso in affitto un appartamento nelle vicinanze.»

Allora era davvero un uomo d'affari? Nozomi non capiva bene la situazione, così fece altre domande.

«Da quanto è aperta la panetteria?»

«Da una ventina di giorni.»

«L'avete aperta insieme?»

«Kure-san me l'ha proposto e io ho accettato.»

«Kurebayashi aveva esperienza come panettiere?»

«No, voleva imparare da me. Ma non è capace. Non riuscirà mai a fare del pane buono da vendere.»

"Uhm... Perché una persona del genere dovrebbe aprire una panetteria?" Mentre Nozomi ci pensava, Hiroki posò la borsa Boston sul pavimento, guardandosi intorno.

«Non c'è un *futon*. Ne prendo uno dalla stanza di Miwako-san.»

Nozomi scosse la testa.

«Non preoccuparti. Non credo che riuscirò a dormire stanotte. Ho lasciato il mio *futon* alla vecchia padrona di casa. Lo riprenderò domattina presto.»

Hiroki sorrise: «Sei molto cauta».

«Ci sono abituata.»

«Abituata?»

«Mi hanno sempre spedito di qua e di là.»
«Davvero? Devi avere genitori terribili.»
«Non particolarmente. I genitori sono così.»
Quando sentì pronunciare quelle parole con assoluta nonchalance, Hiroki rise di nuovo, anche se con freddezza. Nozomi pensò che dipendesse dal suo viso curato.
«La toilette e il bagno si trovano in fondo al corridoio, usali pure. La cucina e il soggiorno erano al pianoterra, ma come hai potuto vedere sono stati trasformati nel forno-pasticceria. I pasti vengono serviti in cucina.»
«Eh?»
«Bene, noi staremo al pianoterra fino all'alba. Se hai bisogno di qualcosa, chiamaci pure.»
Nozomi era sorpresa. «Lavorate fino all'alba?»
Hiroki ridacchiò e le disse: «Siamo la *pasticceria di mezzanotte*».
Mentre Nozomi si chiedeva cosa significasse, Hiroki esclamò serafico che la fermentazione secondaria doveva essere finita e tornò al piano di sotto.
«Che strano posto...» Nozomi borbottò tra sé e sé, posò la borsa in un angolo e vi si sedette sopra, usandola come sedia.
«Ah... sono stanchissima!» mormorò controllando l'ora sul cellulare che teneva nella tasca della gonna. Il display indicava le 23.57.
"Fra tre minuti il primo aprile sarà finito", si disse con un sospiro. "Che giornata: è stata davvero uno scherzo!"
Trovò una presa elettrica in un angolo della stanza e mise in carica il cellulare. Aveva disdetto il contratto due anni prima, lo usava solo come orologio, ma per lei era importante, visto che non ne aveva uno.
Si sdraiò sul pavimento, usando la borsa Boston come cuscino. Il pavimento di legno non era freddo come si aspettava.
"Forse per via della cucina del piano di sotto?" pensò Nozomi, raggomitolandosi a terra. Dal piano inferiore saliva

un profumo dolce. Nozomi, abituata a cambiare casa, conosceva l'odore di molte abitazioni. Eppure, era la prima volta che sentiva quell'odore. Doveva essere l'odore dei fornai. La fragranza del pane appena sfornato, dolce o salato.

Era passato molto tempo dall'ultima volta che aveva ricevuto le cure di qualcuno, e sentì la tensione allentarsi.

"Non è un cattivo odore."

Chiuse gli occhi, udendo rumori dal piano di sotto. Il ronzio dei motori e il tintinnio del metallo. Era il timer? Era il suono del suo nuovo nido? Nozomi rimase in ascolto per accertarsene, poi si addormentò.

I pulcini del cuculo si schiudono per primi e gettano le altre uova dal nido. Così hanno più cibo per loro e crescono. Lo aveva letto in un'enciclopedia. Suzuka avrebbe detto che era ingiusto e terribile. Gli uomini fanno cose simili, ma lei diceva sempre cose belle. Nozomi era sicura che nessuno potesse vivere senza calpestare gli altri. E Suzuka non aveva mai immaginato di farlo.

I pulcini di cuculo deposti nel nido di qualcun altro sono soli e indifesi. Gli uccelli genitori si prendono cura dei loro pulcini perché sono i propri figli, ma loro si schiudono in un nido dove sono estranei. Ci sono genitori tratti in inganno e i pulcini d'intralcio alla competizione.

In una situazione del genere, non c'è nulla di astuto o terribile. I cuculi cercano solo di sopravvivere.

Quando Nozomi era accudita dai nonni, era un pulcino di cuculo. Anche suo zio e la moglie vivevano lì, con i suoi cugini. Il nonno, un uomo all'antica, era severo con i nipoti e li sgridava ogni volta che facevano qualcosa. Li picchiava per assurdi pretesti, come essere distratti o sorridere. Suo cugino Masatsugu, l'unico maschio, riceveva le punizioni peggiori. E Masatsugu scaricava la rabbia su di lei. Per sfogarsi, la punzecchiava e pizzicava di nascosto. Forse Masatsugu sapeva chi attaccare. Nozomi, che non aveva una famiglia normale, era il bersaglio perfetto.

Nozomi provava ancora disgusto ripensando a quell'essere meschino e petulante.

L'ostracismo di sua cugina Saya era peggiore. Saya la invitava a giocare con lei, ma poi la ignorava. O faceva gruppetto con le altre bambine e insieme sussurravano, ridacchiando e prendendola in giro: «Nozomi-chan è una bambina inquietante. Nessuno ti vuole, perché sei in casa mia, perché sei nata? Vattene!». Lo stormo di uccelli cinguettava in quel modo.

Nozomi pensava: "Siete stupide nanerottole. Non siete pulcini d'intralcio alla competizione. Siete solo bambine prepotenti e arroganti, che non sanno fare nulla."

Nozomi non diceva a nessuno di essere isolata, e nascondeva le molestie di Masatsugu. Voleva evitare di essere rifiutata dagli uccelli genitori. Per sopravvivere, avrebbe taciuto. E, nella sua mente, malediceva i pulcini che la ostacolavano. "Siete esseri inutili. Andate via!"

Ogni volta che cambiava nido, Nozomi sognava la sua infanzia. Il dolore alle guance o il formicolio quando sentiva qualcuno ridere di lei. Al risveglio, quelle sensazioni restavano nelle pieghe del suo corpo, anche se non ricordava il sogno.

Fu così anche la prima mattina alla Boulangerie Kurebayashi. Aveva un dolore sordo ai denti, doveva averli digrignati. Capì che aveva sognato il passato.

Pensava che non sarebbe riuscita a dormire, ma si era addormentata profondamente. Dalle tende filtrava una luce abbagliante. Fuori, si sentiva il rumore di una moto. Quando si mise a sedere, la schiena le scricchiolò. Doveva essersi addormentata in una strana posizione. Un panno rosso era appoggiato su di lei.

«E questo... cos'è?»

Pensò fosse una coperta o qualcosa del genere, ma guardando meglio si accorse che era il grembiule di Hiroki.

«Cosa faccio adesso?»

L'attività era aperta fino alle cinque del mattino, quindi

a quell'ora dovevano essere andati via. Nozomi scese al pianoterra, dove trovò Hiroki.

«Ti sei svegliata!»

Hiroki si era cambiato e mangiava il curry da solo. Il suo parka aveva pois verdi su sfondo rosa. Sembrava un fungo velenoso dell'Africa, pensò Nozomi assonnata.

Hiroki guardò le ciotole sul fornello e disse: «Ce n'è anche per te, mangia. Poi usciamo».

Lei chiese: «Usciamo... per andare dove?».

Hiroki posò la ciotola nel lavandino, aprì il rubinetto e rispose: «A prendere il *futon* e comprare il necessario».

«Per me?»

«Sì, per te. Kure-san è emozionato.»

«Perché?»

«Perché sei la sorella di Miwako! Miwako ha scritto che ti voleva aiutare. Vuole realizzare le sue ultime volontà.»

«Ah!»

«Forza! La sera noi lavoriamo, quindi dobbiamo finire in mattinata. Mangia e preparati!»

"Giusto, prima dobbiamo costruire il nido", pensò Nozomi mangiando il curry. Si preparò in tutta fretta. Indossò ancora l'uniforme scolastica. Per Nozomi, pigra e parsimoniosa, l'uniforme era un passepartout, un abbigliamento casual adatto a occasioni ordinarie.

Uscita dal negozio, vide Kurebayashi davanti a un furgone bianco. «Buongiorno, Nozomi!»

Kurebayashi era vestito con una camicia bianca e pantaloni chino color kaki.

Nozomi sospirò. Certo che ci voleva un gran coraggio nel fare la spesa con due funghi velenosi.

Sul lato del furgone c'era scritto BOULANGERIE KUREBAYASHI e il numero di telefono. Intendevano, infatti, iniziare a consegnare il pane a domicilio in modo da ampliare i loro canali di vendita.

«Il mondo aspetta il mio pane!» esclamò Hiroki.

Kurebayashi rise e annuì: «Il pane salverà il mondo!».

Nozomi non capiva, ma immaginava fosse la mentalità del panettiere.

«Oggi è un bel giorno per fare shopping!» canticchiò Kurebayashi, avviando il motore.

Il parabrezza rifletteva il cielo limpido del mattino. Nozomi di solito odiava il cielo blu, ma non quel giorno. Non voleva ricambiare la gentilezza ricevuta con un atteggiamento scontroso.

Come detto da Hiroki, la costruzione del nido fu completata prima di mezzogiorno.

Kurebayashi si era comportato come un vero parente con l'anziana padrona di casa, da cui ritirarono il *futon*.

Hiroki, invece, si era dedicato alacremente agli acquisti. In quanto donna, aveva bisogno di shampoo e balsamo adeguati, quindi avevano passato al setaccio diversi prodotti in profumeria; poi le aveva chiesto se avesse bisogno di una crema corpo e, senza alcuna traccia di imbarazzo, le aveva domandato cosa usasse per la propria igiene intima. Si era preso cura di Nozomi come una vecchia zia.

Tornati a casa, i due rientrarono alla Boulangerie al tramonto. Hiroki arrivò per primo, poi Kurebayashi. In pochi minuti, ognuno indossò gli abiti da lavoro. Dopo una veloce riunione, vestiti uno di bianco e l'altro di nero, si diressero alle rispettive postazioni. Kurebayashi puliva i tavolini, Hiroki preparava il pane. Come una coppia affiatata da anni, lavoravano senza parlare molto.

Nozomi li osservava dalle scale, di nascosto. Per abituarsi al nido, doveva conoscere la vita al suo interno. Ma aveva distolto frettolosamente lo sguardo mentre si cambiavano.

Hiroki, che al mattino sembrava un fungo velenoso, ora nel suo abito nero da *boulanger* era un professionista. Non solo per l'abbigliamento. Preparava diversi tipi di pane e dolci contemporaneamente; i timer suonavano, ma lui non si scomponeva. Impastava abilmente, cospargendo di farina il tavolo. I suoi movimenti sicuri e misurati erano rapidi e molto aggraziati.

Nel frattempo, Kurebayashi sistemava il pane con cura. Come fosse cristallo, lo disponeva con delicatezza sugli scaffali. Ogni pagnotta era una luce accesa nel negozio. Nozomi osservò la scena, chiedendosi se quella fosse la vita quotidiana di una panetteria.

Verso le otto di sera, Hiroki la chiamò per scendere in cucina: era ora di mangiare.

«Ceniamo a quest'ora, ricordalo. Quindi, se non ci sei, non mangi.»

In piedi davanti al fornello, Hiroki indicò con il mento i piatti sul tavolo. C'erano insalata di carote e fritti di vario tipo.

«I panini farciti sono ottimi. Assaggiali, Nozomi-chan.»

Su invito di Kurebayashi, Nozomi si avvicinò. I due uomini batterono le mani all'unisono e iniziarono a mangiare in piedi, come se fosse d'abitudine. Nozomi li imitò, prendendo un piatto, senza sedersi. Non amava carote e fritti, ma li conosceva da meno di venti ore: non era il caso di fare storie e lamentarsi. Nozomi mangiò in fretta, astenendosi dall'assaggiare il più possibile. Le offrirono del pane, ma con lo stomaco sottosopra, disse che era sazia e si incaricò di lavare i piatti.

«È così ogni sera. Non possiamo sederci al tavolo, ma la cucina di Hiroki è sempre buona. Al mattino ti preparerà un pasto come questo. Così, puoi andare a scuola dopo averlo mangiato.»

Nozomi chinò la testa, ringraziando per l'aiuto. Kurebayashi strizzò gli occhi e sorrise: «Se hai fame, non puoi essere di buon umore. Quindi mi raccomando, non saltare i pasti!».

Dopo cena, Nozomi tornò nella sua stanza a fare i compiti delle vacanze di primavera. Aveva fatto un bagno prima dell'apertura del negozio. Dopo mezzanotte, spense la luce. Percepiva i rumori del lavoro al piano di sotto, ma non la disturbavano. L'odore del pane che aveva sentito il giorno prima non le sembrava più così forte, forse si era abituata. Così finì la giornata nel suo nuovo nido.

La vita alla Boulangerie Kurebayashi si ripeteva uguale ogni giorno, con il pane al centro di tutto. Anche il giovedì, giorno di chiusura, i due soci erano lì in negozio. Kurebayashi si esercitava a fare il pane e Hiroki creava nuovi tipi di prodotti. A parte il fatto che era un forno-pasticceria aperto a mezzanotte, per il resto era un negozio semplice e regolare. Grazie a questo, la vita di Nozomi si stabilizzò in fretta. Era soddisfatta del nuovo nido: si sentiva a suo agio.

Kurebayashi era un tipo tranquillo e facile da gestire, mentre Hiroki era un buon cuoco, anche se un po' assillante. Dopo la notizia della morte della sorella, Nozomi si era preoccupata, si era chiesta cosa ne sarebbe stato di lei. Ma lì con loro sembrava potesse crescere in modo ragionevolmente decente.

Il problema era l'altro nido.

Ci pensò l'ultima sera, mentre terminava i compiti delle vacanze di primavera.

L'altro nido era la scuola, che considerava un grande nido in cui venivano gettati selvaggiamente pulcini di varie razze. Lì, gli ingenui pulcini si accalcavano, giocavano e imparavano, ma nel farlo spingevano anche qualcun altro fuori strada, calpestandosi a vicenda e cinguettando senza sapere perché. A volte si ammalavano, a volte si uccidevano giocando.

"Forse il mondo intero è un grande nido. Dove si lotta per cibo e spazio. Questo è il significato del nutrimento, e chi si stanca, perde", aveva cominciato a pensare Nozomi.

"Dai, andrà tutto bene." Si pizzicò le guance con entrambe le mani per riprendersi. "Sono stata in molti nidi nel corso degli anni e me la sono cavata. Non mi arrenderò. Sono una ragazza cuculo. Lotto per la sopravvivenza", si disse, cercando di tenersi su di morale.

La mattina del rientro a scuola, Nozomi ricevette un sacchetto di pane.

«Ecco il tuo pranzo. È il pane di Hiroki.»

Mentre Kurebayashi lo diceva, Hiroki si schiarì la gola e gonfiò il petto.

«Non farti intimorire dalla sua bontà!»

Tuttavia, Nozomi buttò via il pane mentre andava alla stazione. In una discarica, gettò il sacchetto a uno stormo di corvi che beccavano lì intorno. I corvi gracchiavano, facevano a gara per aprire il pacco e si contendevano il pane. Nozomi si incamminò verso la stazione, ignorandoli.

Non si sentiva in colpa. Se avesse portato il pane a scuola, glielo avrebbero rubato, nascosto, calpestato, bagnato: sarebbe diventato un pretesto per bullizzarla.

Questo era il mondo del nido-scuola di Nozomi.

Varcato il cancello, Nozomi controllò l'elenco delle classi. Vide il nome di Miki Suzuka e schioccò la lingua. Essere di nuovo in classe con lei non era di buon auspicio. A cosa pensavano gli insegnanti? Qualsiasi adulto sano di mente avrebbe capito che la loro relazione era a dir poco strana. Ma sospirò: non poteva farci niente, gli adulti decenti scarseggiavano.

La nuova classe era la 2. Nozomi entrò a testa alta e schiena dritta, guardando dritto davanti a sé. Metà degli studenti era già arrivata, formando gruppetti e chiacchierando. Nozomi andò al posto vicino alla finestra, sedendovisi senza troppa convinzione. Probabilmente era libero, visto che non c'era nessuna borsa vicino. Così facendo, capì che la classe era già sotto l'influenza di Suzuka. Quando passò vicino a un gruppetto, questo smise di parlare. Poi, sentì riprendere i sussurri alle sue spalle. I ragazzi osservavano le ragazze, in attesa che stabilissero le regole.

Quando Nozomi si sedette, le ragazze accanto a lei si allontanarono rapidamente. Volarono via come uccellini spaventati, percependo il pericolo.

"Okay, si ricomincia", pensò Nozomi. "Be', non importa."

Alle sue spalle, sentì una risata. Era Suzuka che cinguettava. Nozomi la riconobbe subito, ma non si voltò. Mantenne la schiena dritta e guardò il paesaggio fuori dalla finestra.

Il cielo di primavera era luminoso, di un azzurro pallido. I resti dei fiori di ciliegio piantati nel cortile della scuola fluttuavano nell'aria, sospinti dal vento. I petali scintillavano e ondeggiavano al sole. Brillavano come stelle cadenti alla luce del mattino. La bellezza di tutto ciò fece venire voglia a Nozomi di sputarci sopra. Malediceva le cose meravigliose per cui quei pulcini cinguettavano. Odiava il cielo, i fiori, la luce, le stelle, tutto.

Il cinguettio nell'aula la stava lentamente inghiottendo.

"Che stupido cinguettio!"

Fissò il cielo azzurro. La rabbia era un muro contro la derisione e le calunnie.

"Che stupido cielo! Che stupida luce! Che stupido gruppo!"

Era così che Nozomi costruiva la sua fortezza impenetrabile.

"Che stupidi. Continuate a cinguettare, stupidi uccelli."

La campanella suonò, gli studenti corsero ai loro posti. Un pezzo di carta venne lanciato verso di lei, ma Nozomi non si voltò. Non aveva alcuna intenzione di farsi coinvolgere.

Il primo atto di bullismo perpetrato da Suzuka nei suoi confronti erano stati i commenti diffamatori sulla chat di classe. Erano al secondo anno delle medie.

Suzuka aveva scritto pettegolezzi sulla famiglia di Nozomi e falsità sul suo conto, dicendo che sparlava dei compagni. Nozomi capì subito che era stata lei. Solo Suzuka conosceva bene la sua situazione familiare ed era l'unica che avrebbe voluto ferirla e farle del male.

Anche gli altri compagni dovevano averlo capito, ciononostante si schierarono con Suzuka. Il motivo era semplice: Nozomi era in difetto, Suzuka in vantaggio. All'epoca, a scuola girava voce che la madre di Nozomi e il padre di Suzuka avessero una relazione. Ovviamente, era stata la madre di Nozomi a sedurlo, e la colpa era sua. Suzuka iniziò a prendersela con Nozomi quando le voci si diffusero in modo insistente. Più le voci aumentavano, più le azioni di Suzuka si intensificavano.

Sulla chat apparvero falsità clamorose. Tipo che la madre di Nozomi si prostituisse e che Nozomi fosse ceduta a pedofili. Fu dopo questi episodi che Nozomi decise di annullare il contratto telefonico del cellulare. Bloccando le informazioni e prendendo le distanze dai suoi compagni di classe, era riuscita in qualche modo a proteggersi.

Tuttavia, presto iniziarono a rubarle le scarpe, a riempire la sua borsa di rifiuti, a scrivere "MUORI" con lo spray sulla sua uniforme, a chiuderla nelle toilette e a bagnarla. Nozomi era vittima dei peggiori episodi di bullismo.

Alle superiori, però, il bullismo sembrava cessato. Forse perché si trattava di una scuola di buon livello, e molti studenti non si curavano di ciò che accadeva attorno a loro, tutti presi da sé stessi e dalle loro ambizioni. Leggevano libri difficili e non partecipavano ad atti di bullismo, ritenendoli infantili. Pochi, però, non riuscivano a farne a meno. Era come una malattia incurabile, da cui è difficile guarire e che si diffonde silenziosamente. O come una malattia endemica, a cui le persone si adattano, sviluppando una insidiosa tolleranza. Era normale colpire gli altri, era considerato uno spettacolo consueto.

Che Nozomi venisse ignorata o derisa era un fatto quotidiano. Gomma da masticare lanciata contro di lei, gesso sulla sua uniforme, strani fiori sul banco non la turbavano più.

Si era abituata a un certo grado di soprusi. Forse per questo aveva abbassato la guardia.

Al secondo anno, Nozomi provò uno shock per la prima volta dopo tanto tempo. Mentre era in bagno, le tirarono addosso secchi d'acqua. Aveva usato la toilette del terzo piano, dove c'erano le aule, invece di quella del personale al pianoterra, che di solito utilizzava per evitare simili attacchi. Sentendo i passi, le risate e i cinguettii, Nozomi si pentì. Aveva commesso uno stupido errore di disattenzione. Doveva stare sempre all'erta con gli altri uccelli del nido.

Con i capelli e l'uniforme bagnati, tornò in classe. Quando la videro, i compagni reagirono in modi diversi: alcuni la guardarono con occhi spalancati, altri sussurrarono, altri ancora risero apertamente. Nozomi, arrabbiata, li ignorò e si preparò a tornare a casa. Uscì dall'aula. Mentre camminava lungo il corridoio, ancora grondante d'acqua, gli studenti intorno a lei si zittirono e le fecero spazio per evitarla.

Arrivò zuppa al negozio. Quando varcò la soglia, Kurebayashi e Hiroki erano già al lavoro.

Hiroki la guardò e disse, sollevando gli angoli della bocca: «Ehi, avete fatto il bagno in piscina, oggi?».

Nozomi, che sembrava un topo bagnato, digrignò i denti e si diresse verso le scale. Kurebayashi le si avvicinò e le offrì un asciugamano.

«Fai subito un bagno caldo. Potresti prendere un raffreddore.»

Nozomi esitò immobile, Kurebayashi sorrise di nuovo e le mise l'asciugamano sulla testa.

«Il raffreddore è l'origine di tutte le malattie, sai.»

Nozomi lo ascoltò e fece un bagno caldo.

Erano già passati più di dieci giorni da quando era arrivata come ospite della Boulangerie Kurebayashi. Per qualche motivo che non sapeva spiegare, Nozomi aveva sviluppato la tendenza a seguire scrupolosamente le istruzioni di Kurebayashi. Persino la sua irritazione si placava di fronte a lui. All'inizio simulava gentilezza, ma in realtà non sarebbe

proprio riuscita a rispondere male o a dire parolacce. Quando lui le rivolgeva quel sorriso bonario, la sua rabbia le sembrava stupida.
Non accadeva solo con lei.

La Boulangerie Kurebayashi, a tarda notte, aveva diversi clienti particolari. Ubriachi, persone emotivamente instabili che piangevano davanti al pane. Un cliente si era persino lamentato alzando i toni perché la crosta dura della baguette gli faceva male quando la mangiava.
Kurebayashi, responsabile del servizio clienti, li trattava con un sorriso e molta calma. Parlava con gli ubriachi e ascoltava le storie dei clienti in lacrime.
La volta in cui il cliente si era lamentato per la crosta, Hiroki aveva reagito prima di Kurebayashi, creando una polemica.
La baguette aveva la crosta dura? Hiroki disse che se gli dava fastidio, non doveva mangiarla!
Il cliente si arrabbiò ancor di più.
«Il cliente è Dio», disse Kurebayashi a Hiroki, intimandogli di scusarsi.
Hiroki era irremovibile. Nella panetteria, il fornaio era il dio, proclamò, e disse al cliente di non essere presuntuoso.
Dopo una lunga discussione, avevano offerto al cliente un campione di pane e gli avevano detto di provare il *pain bâtard*, se la baguette era troppo dura. Il cliente aveva accettato la resa e se ne era andato.
Nozomi era convinta che la gente si sentisse spiazzata parlando con Kurebayashi. Il suo flemmatico e conciliante dialetto del Kansai spezzava la concitazione della rabbia. Quando lo disse a Hiroki, lui ridacchiò.
«Kure-san non parla il dialetto del Kansai. È di Hokuriku o di Jōetsu... ora non ricordo bene... No, forse Kaga. O Shinshu. Insomma, è di quelle parti lì.»
«Nemmeno tu lo sai», replicò Nozomi, e aggiunse con tono

schietto: «Kurebayashi è una brava persona, ma dovrebbe essere più cauto. I clienti non sono dèi, potrebbero esserci brutte persone. Qualcuno potrebbe tirare fuori un coltello, per esempio, fingendo di prendere dei soldi dalla tasca».

Hiroki capiva, ma senza mezzi termini replicò: «Non ci si può fare niente, lui è fatto così. Non puoi dire a un gatto di abbaiare, a una gallina di volare, a Kure-san di diffidare del prossimo».

Nozomi giunse alla conclusione che Kurebayashi amava il quieto vivere. Doveva aver avuto una vita privilegiata. Per questo non dubitava delle persone e sorrideva sempre. Probabilmente non aveva lasciato il lavoro all'estero per la morte della moglie, forse non era portato per l'aggressività degli affari. E forse per questo aveva aperto un forno-pasticceria, per cui non era portato. Come aveva detto Hiroki, era goffo. Nonostante fossero passati già diversi mesi da quando aveva iniziato la pratica, non sapeva impastare.

Una volta, all'alba, Nozomi si era svegliata sentendo la voce di Hiroki in cucina.

«Fai più dolcemente, con più forza, più lentamente, più piano», diceva.

Nozomi era scesa al pianoterra, sgattaiolando giù per le scale per capire cosa stesse succedendo. Aveva visto Kurebayashi impastare sotto la guida di Hiroki. In quanto apprendista, a Kurebayashi era concesso toccare la farina solo all'alba.

«Perché la farina si bagna di nuovo?»

«Perché non sei bravo a lavorare l'impasto e ancora peggio a rilasciarlo, ricordati...»

Nonostante i consigli, Kurebayashi veniva rimproverato continuamente. Persino Nozomi notava la sua goffaggine. Era molto sciatto rispetto a Hiroki, che impastava con grande abilità.

Un giorno, quando Nozomi espresse con modestia questa sua impressione, Hiroki aggrottò la fronte: «Se lo paragoni a me, non c'è storia per Kure-san. Ha meno talento della media, sarà difficile che migliorerà».

Sembrava sminuirlo, ma in realtà era il suo modo di sostenerlo. In risposta alle sue parole, Kurebayashi sorrise calmo.

«Se mi elogiano, mi agito.»

Nozomi rise. Che gruppo felice! Nel loro nido soffiavano solo venti pacifici.

Senza accorgersene, Nozomi iniziò a svegliarsi presto e a guardarli lavorare la mattina. Non c'era un motivo particolare, ma osservare la preparazione del pane la rassicurava. Era strano vedere qualcosa che non c'era nascere dal nulla, non riusciva a distogliere lo sguardo da questo processo, la divertiva.

Un giorno Kurebayashi, mentre si esercitava con l'*anpan*, stese l'impasto e affermò: «Se mi viene bene, te lo faccio assaggiare, Nozomi-chan!».

Nozomi lo liquidò: «Ah, fai come ti pare. Tanto la farcitura di *anko* non mi piace».

Hiroki le lanciò uno strofinaccio in faccia.

«Hai troppe preferenze e antipatie, e lasci sempre qualcosa nel piatto. Non essere schizzinosa!»

«Non posso farci niente, se non mi piace!»

Nozomi e Hiroki litigavano spesso, avendo entrambi caratteri provocatori. Anche Nozomi, che all'inizio era stata gentile, ora mostrava la sua vera natura.

«Non è possibile: la mia cucina è buona. Sei tu a non avere gusto. Se non vuoi mangiare qualcosa, è inutile insistere. Ma essere schizzinosi e prevenuti sul cibo è una scelta sciocca. C'è tanto da assaggiare in questo mondo.»

Quando litigavano, Kurebayashi di solito continuava a lavorare tranquillo, ridendo. Mentre impastava, ascoltava divertito la conversazione.

«Che scocciatura! Non mi interessa mangiare!»

«Qual è la scocciatura? Mangiare è il senso della vita!»

«Stai esagerando. È solo cibo.»

Mentre i due continuavano a battibeccare, Kurebayashi chiese: «Nozomi, che pane ti piace?».

Colta alla sprovvista, Nozomi rispose senza pensare: «Non saprei... Forse il *melonpan*».

Kurebayashi annuì e rise: «Dopo l'*anpan*, mi eserciterò con il *melonpan*».

Anche se Hiroki la riteneva priva di gusto, a Nozomi piaceva davvero guardare Kurebayashi impastare. Era goffo, non aveva la minima manualità, ma in quello che faceva trapariva tutta la sua onestà.

Guardarlo la rilassava, le scaldava il cuore.

Quando Nozomi gli chiese perché avesse aperto un forno-pasticceria, Kurebayashi rispose: «Perché volevo fare un pane delizioso». Stava avvolgendo un asciugamano, un esercizio per la panificazione. Le mani di Kurebayashi erano grandi, sembrava difficile arrotolare il piccolo asciugamano in quella maniera, ma lui continuò pazientemente. «Voglio fare qualcosa che renda felici le persone.»

Nozomi non sapeva nulla di pane, né di Kurebayashi. Lo conosceva da poco tempo e non avevano mai avuto conversazioni approfondite. Né tantomeno aveva fatto il minimo sforzo per conoscerlo meglio. Non sapeva che tipo di persona fosse, ma pensò che in qualche modo quelle parole lo rispecchiassero in pieno.

"Il pane non è per occasioni speciali, si mangia quotidianamente. Un buon pane che ti faccia sorridere ogni giorno rende la vita bella", pensò.

Una mattina Kurebayashi consegnò a Nozomi un sacchetto di pane. A quanto pareva, era uno che faceva quello che diceva.

«È il tuo pranzo, il tuo preferito... *melonpan*!» Il sacchetto era ancora caldo. «È la prima volta che faccio il pane, Hiroki ha detto che va bene. Ti farà sorridere dalla bontà!»

Nozomi non se l'aspettava. Era sorpresa dal fatto che Kurebayashi si ricordasse della promessa. Mormorò: «Ah, ecco... grazie!».

Disorientata da quella gentilezza, commise un errore: non diede il pane ai corvi, ma lo portò a scuola.

Dal sacchetto usciva un odore dolce.

Nozomi pensava: "Che sapore avrà? Se è come quello di Hiroki, allora sarà delizioso". Ma si chiedeva che sapore avesse quello di Kurebayashi. E sorrideva.

Con questo pensiero, entrò in classe con passo leggero e il sacchetto in mano. Forse sorrideva. Era distratta quanto non poteva permettersi. Doveva esserlo molto, quel giorno. Di solito sarebbe stata più attenta, ma in quel momento era indifesa. Sentì un urto sulla spalla. Suzuka la spinse, Nozomi cadde con un tonfo: l'uccello selvatico aveva raggiunto la sua preda. Borsa e sacchetto le sfuggirono di mano.

Davanti al sacchetto di carta sul pavimento, Nozomi si chinò per riprenderlo. Ma Suzuka lo schiacciò con il piede.

«Scusa, non volevo!» disse, calpestandolo.

Le ragazze sghignazzarono.

Era ovvio che sarebbe successo. Se Nozomi portava qualcosa di diverso dalla borsa, veniva molestata. Per questo non portava mai il pane di Hiroki.

Stava attenta a non dare pretesti per approfittarsi di lei. Ma quel giorno aveva infranto la regola. Il sacchetto di carta sul pavimento si aprì, rivelando il pane al suo interno.

"Un pane che ti faccia sorridere ogni giorno. Il *melonpan*. Il mio primo pane. Un pane che fa sorridere."

E Suzuka lo calpestava con aria soddisfatta.

«Che stai facendo?» Nozomi afferrò Suzuka e alzò il pugno in aria con tutta la sua forza.

Nozomi e Suzuka finirono all'Ufficio di orientamento per quell'atto di violenza a scuola. L'insegnante, il capogruppo e l'orientatore le interrogarono.

Gli insegnanti non sapevano del bullismo, quindi tutte le loro domande erano fuori luogo.

Nozomi tagliò corto dicendo: «Ci siamo scontrate e io ho perso la calma. Mi dispiace», e si inchinò.

Suzuka disse lo stesso: «Anche io», e non aggiunse altro.

Gli insegnanti rinunciarono a indagare sulla verità e convocarono i genitori a scuola.

Le ragazze attesero in silenzio, sedute una di fronte all'altra su un divanetto, cercando di superare il momento di disagio. Dopo un po', Nozomi guardò Suzuka. Sprofondata nel divano, fissava il pavimento e sanguinava dalla bocca, i nastri sul petto erano storti, i bottoni della camicetta erano slacciati. Le gambe, di cui andava tanto fiera, erano ferite sulle ginocchia. Tutto questo l'aveva fatto lei. Era davvero nei guai.

I genitori di Suzuka arrivarono per primi.

«Suzuka-chan... Che è successo?»

«Ma cosa diamine...» Il padre si precipitò a vedere la figlia.

Nozomi li osservò con sguardo assente.

La madre di Suzuka, quando vide la figlia ferita, urlò e si inginocchiò, tenendole la mano.

«Deve farti molto male!» La donna aveva le lacrime agli occhi.

Il padre, rosso di rabbia, si voltò verso Nozomi. Ma prima di aggredirla a parole si zittì. Nozomi aveva un livido sull'occhio, il labbro tagliato, la guancia sinistra gonfia, alcuni bottoni della camicia slacciati e una caviglia destra fasciata. Era ferita più gravemente di Suzuka.

I genitori di Suzuka si scambiarono un'occhiata confusa. Se le ferite della controparte apparivano così profonde, non potevano lamentarsi.

Pochi minuti dopo, arrivarono Kurebayashi e Hiroki, i tutori di Nozomi.

«Grazie per averci invitati, oggi.» Fu con questo saluto fuori dagli schemi che Kurebayashi varcò la porta dell'aula.

Vedendo le ragazze ferite sedute sul divano, esclamò divertito: «Ci siete andate giù pesante, eh!». Rise.

Si presentò come tutore di Nozomi e porse il sacchetto della Boulangerie.

«Questo è il nostro pane. Ho sentito che avete litigato e ho pensato che potreste avere un po' di fame. Tieni pure», disse a Suzuka. «A stomaco pieno, ti sentirai meglio!»

«Non ho fame», replicò Suzuka guardando male Kurebayashi. «Se ho fame, vado a comprare qualcosa al supermercato. Non mi freghi con il pane. Non sono stupida come te, vecchio.»

Kurebayashi sorrise: «Per fare così, deve mancarti qualcosa, Suzuka?».

«Eh?»

«Cosa ti manca da renderti così nervosa?»

Suzuka, sorpresa, fissava perplessa il volto di Kurebayashi con il sorriso stampato.

Kurebayashi si abbassò al suo livello e, continuando a guardarla, chiese di nuovo: «Allora, cosa ti manca, che ti fa stare così?».

Suzuka, per un attimo, si sentì mancare l'aria; poi, come se si fosse rotta una diga, scoppiò a piangere.

Nozomi non l'aveva mai vista singhiozzare a quel modo. Suzuka era sempre allegra e forte, era il tipo che piuttosto che piangere preferiva urlare di rabbia.

I genitori di Suzuka, confusi, la abbracciarono per sostenerla.

Uscita da scuola, Nozomi tornò a casa con Kurebayashi e Hiroki. Durante il tragitto raccontò brevemente del suo rapporto con Suzuka.

«Suzuka e io eravamo amiche d'infanzia. Alle elementari, ero sempre da sola e lei mi parlava di tutto. Io stavo benissimo per conto mio, ma Suzuka non sembrava pensarla così e mi fece entrare nel suo gruppo. Certo, penso che sia stata una gentilezza da parte sua. Pensava che essere soli fosse triste.»

Suzuka, però, era cambiata quando si erano diffuse le voci. La sua gentilezza svanì completamente.

«Il padre di Suzuka era il preside della scuola. Mia madre non era il tipo da partecipare agli eventi scolastici, ma si offrì come rappresentante di classe per attirare clienti al suo locale. Quando iniziarono le voci su loro due, pensai: "Non posso farci niente. Mia madre è diversa dalle altre madri, questo comportamento riprovevole le si addice."»

Suzuka, comprensibilmente, si arrabbiò molto. I suoi ritardi e le assenze aumentarono, e cominciò a mostrare un atteggiamento ribelle nei confronti dei suoi insegnanti. La gonna si accorciò, i capelli divennero castani. Diventò aggressiva nei confronti di Nozomi. E continuava a esserlo anche al liceo.

«Ma, in realtà, la compagna del padre non era mia madre.»

Nozomi lo scoprì dalla madre stessa, che le rise in faccia. Il padre di Suzuka usciva con la loro insegnante. Il suo matrimonio era ormai una copertura.

«Rimasi di stucco. La mia insegnante era molto seria e rigida. Era anche parecchio popolare tra gli studenti e Suzuka la stimava moltissimo.»

Hiroki la interruppe: «E non hai detto niente per non ferire la tua amica?».

A quella domanda, Nozomi tacque, poi alzò il mento come per guardare il cielo.

«No, il contrario. Volevo ferire di più Suzuka.»

Hiroki si accigliò, cercando una spiegazione alle sue parole: «Di più...?».

Nozomi sorrise. «Esatto. Volevo ferirla di più. L'ho sempre odiata», disse, guardando dritto davanti a sé. «All'inizio era carina con tutti, gentile e giusta, dava tutto per scontato. Credeva che il mondo funzionasse così, e questo mi dava fastidio. Ero arrabbiata perché sapevo che anche lei aveva sentimenti cattivi, ma non se ne rendeva conto. Continuava a comportarsi in modo così gentile senza capire. Per questo non le dissi niente. Pensavo che se avesse creduto che suo padre usciva con mia madre, mi avrebbe odiata. L'odio è sofferenza. Era giusto che soffrisse. Doveva maltrattarmi, per capire quanto fosse sporca dentro. Doveva essere delusa da sé stessa, disgustata dalla sua incapacità di essere gentile o giusta. Rendersi conto di che tipo di persona era davvero. Non volevo perdere. Non voglio perdere contro una persona felice. Ma, in realtà, è solo una bambina. Non capisce nulla. Non sa nemmeno colpire. Ci sono andata piano con lei, ma è stupida e ha usato la forza... Non era mai stata colpita prima, quindi non sa farlo. Conosce solo la felicità, sussulta alla minima disgrazia.»

Nozomi parlava di Suzuka con disprezzo. Rideva, pensando che fosse immatura, sconvolta da una cosa banale come la relazione extraconiugale del padre.

«Si comporta male per attirare l'attenzione dei genitori. Lo fa perché sa che non l'abbandoneranno mai. È una bambina benedetta e felice. Non capirà mai come mi sento io.»

Appena conosciuta, Suzuka le aveva detto che le sarebbe stata sempre accanto. Si era avvicinata a Nozomi, quando quest'ultima si era trasferita dalla casa dei nonni e non aveva amici.

«So come ti senti. Quindi facciamo amicizia. D'ora in poi saremo migliori amiche.»

L'aveva invitata a casa sua, l'aveva fatta sedere al tavolo della famiglia. Voleva solo essere gentile. Ma a Nozomi sembrava tutta un'ostentazione. Un padre gentile, una madre brava a cucinare. Un fratello maggiore che l'aiutava con i compiti e un grosso cane che scodinzolava. Un albero piantato in giardino per la nascita dei figli, torte di compleanno per festeggiarli.

Quando Suzuka diceva che da grande avrebbe sposato suo padre, lui, felice, la prendeva in braccio. Ma in realtà, sapeva che non poteva, e alzava le spalle ridendo. Lo diceva solo per compiacerlo.

«Che imbarazzo, papà piangerà al mio matrimonio. Non vedo l'ora di allontanarmi da lui, lui ha bisogno di allontanarsi da sua figlia.» Si pavoneggiava con le sue guance color pesca.

Nozomi ascoltava in silenzio. E pensava: "Che cumulo di idiozie!".

Per lei, il mondo era un luogo di lotta per il cibo e lo spazio. Non c'erano tavoli, alberi commemorativi o torte di compleanno. Non si era mai sentita triste. Pensava che quello fosse il mondo reale. Il calore familiare era solo qualcosa di superficiale. Gentilezza e disponibilità erano senz'altro cose bellissime, ma inconsistenti.

«Mi dispiace per Suzuka, che non lo capisce e sorride. Per questo non le dico la verità e lascio che mi maltratti.» Nozomi continuò a ridere. «Avrebbe potuto frequentare una scuola privata, ma è venuta nella mia scuola pubblica. Che stupida, che bambina. Mi aggrappavo a questo. Pensavo di poter usare le sue debolezze contro di lei.»

«Tutto ciò fa paura», affermò Hiroki. «Capisco, però...» guardò il volto abbattuto di Nozomi e chiese: «Allora perché piangi?».

Nozomi si morse il labbro e si asciugò le lacrime con la manica. Inutile. Le lacrime traboccavano imponenti e scorrevano lungo le guance in modo pietoso. Non riusciva a fingere di ridere mentre singhiozzava.

«Perché... Sono io la bambina.» Nozomi lo sapeva bene.

Era gelosa di Suzuka, che era riuscita a piangere davanti ai suoi genitori quando Kurebayashi le aveva chiesto cos'era che le mancasse. Desiderava una famiglia come la sua. Normale, calda, luminosa, irraggiungibile per una ragazza cuculo. Sapeva che il mondo non era un nido per parassiti da covata.

Esisteva sicuramente la gentilezza. C'erano famiglie affettuose, da qualche parte. Ma non poteva ammetterlo. Se l'avesse fatto, non sarebbe sopravvissuta in quel nido. L'aveva respinto disperatamente. Aveva disprezzato i propri genitori, la scuola, gli amici, le persone: tutto. Aveva costruito un muro. E forse quella parete si ergeva ancora lì.

Nozomi spinse via Hiroki, che la guardava con uno sguardo indecifrabile, e tirò su con il naso.

«Mi fa male la ferita alla gamba! Piango per quello», singhiozzò.

Kurebayashi batté le mani. «Scusami! Ti porto sulla schiena.»

Nozomi disse di no, era imbarazzante.

«Stai piangendo, non fare inutilmente la spavalda!» sbuffò Hiroki, spingendola sulla schiena di Kurebayashi. «Se ti fa male, dillo.»

Kurebayashi la portò senza sforzo. Era smilzo, ma aveva le spalle larghe.

«Nozomi-chan, sei leggera! Mangia di più!» Camminava e parlava con serenità.

La strada era affollata all'imbrunire. C'erano bambini con gli zaini sulle spalle. Una casalinga dall'aria affaccendata in bicicletta. Era una strada commerciale, con un gran viavai. Il fruttivendolo richiamava i clienti. I freni di una bicicletta stridevano. Le voci delle persone affollavano la strada.

I tre avanzavano lentamente lungo il percorso.

«Stasera mangiamo *katsudon* per cena?» propose Kurebayashi.

Hiroki replicò: «Cotoletta di maiale e uova? Perché no... Ho un ottimo pezzo di carne».

Kurebayashi si rivolse in tono affettuoso a Nozomi: «Mangia tutto, Nozomi-chan!».

Nozomi annuì. Aveva sempre pensato che i grandi puzzassero di vecchio, ma Kurebayashi emanava un odore di pane dolce.

***

Nonostante fosse andata a letto con il ghiaccio sulla faccia, la mattina quando si svegliò aveva le guance gonfie. Il livido sull'occhio, che il giorno prima era blu, adesso era mutato in un colore violaceo. Dopo aver indossato l'uniforme ed essere scesa in cucina, Nozomi vide Hiroki scoppiare a ridere.

«Sembri Rocky dopo un match!»

Kurebayashi rimproverò Hiroki. «Non è carino dire Rocky! È un uomo! In questo caso, forse sarebbe meglio dire Oiwa, la vendicatrice fantasma!»

Stavano cercando di prenderla in giro.

Nel frattempo, Nozomi, che non conosceva né Rocky né Oiwa, chinò il capo senza preoccuparsi di nulla.

«Oggi ho intenzione di andare a scuola, potrei avere qualcosa per il pranzo, per favore?»

I due si scambiarono un sorriso, poi le allungarono un sacchetto di carta.

«Wow, ma è pienissimo!»

«Mangia quanto ne vuoi.»

Il sacchetto di carta che aveva ricevuto era pesante e caldo.

Quando arrivò a scuola, gli studenti nel corridoio, come al solito, si spostarono per evitarla. Nozomi pensò che sarebbe stato così finché la ferita non fosse guarita, e continuò a camminare, tenendo stretto il sacchetto di carta. Non voleva assolutamente che si ripetesse quanto accaduto il giorno prima.

Quando entrò in classe, i suoi compagni la fissarono con facce scioccate.

"Be', è naturale", pensò Nozomi. Guardandosi allo specchio, la ferita era molto evidente e non poteva fare granché per mimetizzarla.

Al banco alle sue spalle, notò Suzuka, la cui bocca era rosso-viola proprio come la sua, seduta al suo posto. La stava fissando con aria sofferente. Nozomi pensò che neanche a

Suzuka piaceva perdere. "Dopotutto, il mondo è una competizione per il cibo e lo spazio. Se la tua anima si spezza, verrai inghiottito dalla logica dell'altro mondo." Forse era lo stesso per Suzuka.

Durante la quarta ora di lezione, Nozomi sgattaiolò fuori dall'aula e si diresse sul tetto. Aveva intenzione di finire il pasto che aveva portato prima che il nemico potesse attaccarla. Era, per così dire, una vendetta per il giorno prima. Sotto il cielo limpido, Nozomi tirò fuori il contenuto dal sacchetto di carta che aveva in mano. All'interno c'erano *melonpan*, croissant al cioccolato, sandwich con cotoletta e pane francese.

«È tutto così inutilmente lussuoso!» Nozomi ridacchiò e prese il *melonpan*. Poi, spalancando la bocca, diede un vigoroso morso. La superficie del pane era una frolla per biscotti che faceva un suono croccante mordendola. Tuttavia, l'interno era così soffice da sciogliersi in bocca. Non poté fare a meno di esclamare ad alta voce: «Delizioso!».

Con un sorriso a mezza bocca, Nozomi addentò nuovamente il pane. Poi le tornarono in mente le parole di Kurebayashi quando le aveva dato il pranzo quella mattina.

«Vedi, Nozomi-chan. Il pane è un cibo democratico», le aveva detto con un sorriso, mentre le metteva il pane in mano. «Puoi mangiare il pane ovunque, sul ciglio della strada o nel parco. Anche se non c'è un tavolo dove mangiare, non importa chi ti sta accanto, puoi morderlo. Il buon pane fa bene a tutti.»

"Ora capisco", pensò Nozomi. Più portava il pane alla bocca, più sentiva l'energia. "Sì, è proprio delizioso."

E senza neanche accorgersene, stava di nuovo sorridendo.

2.
PÉTRISSAGE & POINTAGE

Il nome Mizuno Kodama viene dal treno *Shinkansen Kodama.* Il *Kodama* è un treno che si ferma a ogni stazione.

Quando sua madre lo teneva in braccio, si metteva a cantare.

«Kodama non deve essere necessariamente veloce. Deve solo fare molte fermate.» La madre dava poi al figlio un caldo bacio sulla sommità della testa e ridacchiava. Lui per il solletico rideva, agitando le gambette.

«Voglio che Kodama si fermi molto, che vada lentamente e che veda molte cose. Voglio che incontri e parli con tante persone diverse e che si prenda il suo tempo per crescere.»

A Kodama piaceva molto il suo nome, anche se non era sicuro del significato. Ma un giorno gli sarebbe piaciuto diventare Hikari. A differenza di Kodama, *Hikari* è un treno diretto che va molto più veloce. Sapeva che ce n'era uno ancora più rapido, ma non ricordava il nome. Per il momento, Hikari andava più che bene. Un giorno, però, gli sarebbe piaciuto diventarlo. Ma era ancora un *Kodama* e si fermava a ogni stazione.

Kodama vagava per la città notte e giorno. Non aveva una routine fissa, si limitava a camminare, facendo deviazioni qua e là. Forse era per via del suo nome. Dopotutto, un *Kodama* è un *Kodama.*

Era anche bravo a scappare da persone come poliziotti, assistenti sociali, detective e così via. Per qualche strano motivo, gli adulti cercavano di catturare Kodama, sia di giorno sia di notte. Se succedeva di giorno, gli chiedevano dove andasse a scuola, mentre di notte gli chiedevano dove vivesse. Negli ultimi giorni, a volte capitava gli chiedessero come andasse la vita con sua madre.

Kodama pensava che fosse una cosa normale vedersi inseguiti e catturati, che capitasse a tutti. Ma non era così: sembrava che una volta cresciuti, si potesse andare in giro senza essere catturati.

Ecco perché voleva crescere il prima possibile. Voleva sbrigarsi a diventare grande perché essere catturati era un problema. Sua madre sarebbe stata chiamata e si sarebbe arrabbiata con lui per questo e quest'altro motivo. E Kodama voleva evitare che sua madre si arrabbiasse. Ecco perché pensava che sarebbe dovuto rimanere a casa il più possibile.

Ma se rimaneva a casa gli veniva una specie di smania e si sentiva male. A lui piaceva camminare, dopotutto. Quando si cammina, si finisce sempre da qualche parte, e questo gli piaceva moltissimo. Tuttavia, non aveva un posto in particolare in cui andare.

Voleva tornare in quella panetteria: un laboratorio del pane, una specie di bottega che un tempo frequentava, ma che aveva perso.

Quel giorno, però, Kodama la trovò.

«Ah, eccola!»

L'agognata panetteria all'improvviso emerse dall'oscurità della notte.

***

«Il pane esprime la personalità del suo creatore», diceva Hiroki. «Un *boulanger* considera temperatura giornaliera, umidità e pressione atmosferica, seleziona gli ingredienti, la temperatura dell'acqua, l'impasto, la fermentazione, il riposo, la modellatura, la cottura. Ogni fase è fondamentale e deve essere eseguita alla perfezione.»

Nozomi sospirò, mentre Hiroki continuava a parlare: era logorroico.

«Un lavoro così preciso rivela il carattere della persona che lo svolge. Ecco perché al *boulanger* servono nobiltà d'animo e sincerità. Solo chi possiede amore incondizionato, sincerità assoluta, passione sconfinata e vera gentilezza può essere il migliore dei *boulanger.*»

Nozomi non credeva di avere vera gentilezza, né tantomeno passione sconfinata. Tuttavia, Hiroki, incurante dei suoi dubbi, la rimproverava mentre impastava.

«Non devi essere così confusionaria quando impasti, poi si sentirà nel gusto! Fidati dell'impasto, e questo vale anche per Kurebayashi. Toccate l'impasto con fiducia!»

E ancora: «Kure-san, ci hai messo troppa forza! Dovevi essere delicato».

Di notte, le vetrine del negozio riflettevano uomini e donne d'affari che tornavano a casa dal lavoro. Molti guardavano la vetrina, incuriositi da ciò che accadeva all'interno. Nozomi lo trovava inevitabile: il profumo del pane era irresistibile. Sarebbe stato molto più difficile non notarlo.

Ma nessuno poteva immaginare le spartane lezioni di panificazione che si tenevano lì.

Nozomi, rimproverata da Hiroki, si imbronciò.

"Nemmeno io l'avrei mai immaginato."

«Nozomi-chan, prepariamo il pane insieme?»

Aveva accettato l'invito dolce di Kurebayashi con leggerezza. Mai avrebbe immaginato che sarebbe stata bersagliata di critiche.

Fino ad allora, Kurebayashi aveva il permesso di toccare il grano solo all'alba, ma da poco gli era stato concesso di passare un'oretta prima dell'apertura del negozio per esercitarsi a fare il pane. Così i due uomini decisero di chiedere a Nozomi se volesse provare a farlo con loro.

Nozomi fu più che sorpresa del fatto che Hiroki, così esigente, volesse insegnarle.

Perché insegnare a una stupida liceale impertinente le

proprie conoscenze e abilità? Che idiota! Perché coinvolgerla, quando potevano fare finta di nulla?

I dubbi di Nozomi svanirono di fronte alla filosofia di Hiroki.

«Trasmettere competenze e conoscenze è importante per un *boulanger*. La panificazione non si fa da soli. Si coltiva con le mani di tante persone per un lungo periodo di tempo», spiegò Hiroki. «Insegno a chiunque me lo chieda, lo insegnerei anche a un gatto randagio!»

Nozomi, anche se era una stupida liceale impertinente, era pur sempre un essere umano. Insomma, meglio di un gatto.

«Anche tu! Impasta bene e con delicatezza!»

Ma Nozomi era anche più eloquente di un felino. Si lamentava parecchio. Forse insegnare a un gatto sarebbe stato più facile.

«Non capisco! Prima dici di usare la forza, poi di essere delicata. Se allento, sbaglio. Cosa devo fare? Cosa significa "con delicatezza"?» chiedeva Nozomi, alzando le mani sporche di impasto, come a dire che era una perdita di tempo.

Hiroki sorrise: «Sei stupida? Essere delicati non è difficile!».

Prese un misurino che era a portata di mano. «Pensa alla tua persona. Trattala con amore. Ogni volta che la tocchi».

Hiroki posizionò il misurino davanti a loro.

«Anche quando lasci la mano, con amore.»

Hiroki usava senza riserve parole melense e maneggiava il misurino con maestria. Nozomi, osservando la sua grazia, rimase senza parole.

Dal momento in cui lui aveva preso la tazza a quando la rimise giù, sembrò soffiare una brezza elegante.

Nozomi guardò Hiroki sorpresa. Lui se ne accorse e sorrise.

«Ho usato un po' di enfasi per renderlo comprensibile.

In pratica, questo significa "con delicatezza". La gentilezza porta alla bellezza, quindi: tratta il pane con amore.»

A quella spiegazione, Nozomi aggrottò la fronte: «Ecco perché non capisco l'amore...».

Hiroki le diede un colpetto in testa, con aria infastidita: «Un motivo in più per riflettere e misurare il tuo atteggiamento, stupidina!».

Kurebayashi, incurante del battibecco, impastava con indifferenza. Poi voltò la testa e proferì: «È un compito difficile... Ed è questo che amo», osservando la superficie irregolare del proprio impasto.

Nozomi e Hiroki rimasero in silenzio guardandolo. Nozomi, che aveva iniziato da poco, lo aveva più liscio di quello di Kurebayashi.

«Kure-san, insomma: è ancora un po' goffo...» disse Hiroki, come per confortarlo.

Nozomi aggiunse: «È vero. Ma devi solo prenderci un po' la mano. Una volta che ci sarai riuscito, sarai in grado di farlo in un batter d'occhio».

Hiroki non perse occasione per ribattere: «Sei stupida? Non si fa il pane in fretta! Sei una pessima apprendista! Rifletti e misura!».

Nozomi non sapeva se avesse anche passione, ma di certo amore, sincerità e gentilezza erano propri del carattere di Kurebayashi.

Non credeva davvero che la pasticceria e la personalità fossero collegate. Perciò non le era dispiaciuto quando Hiroki aveva preso il suo impasto e, ridacchiando, aveva commentato: «Certo che il tuo pane è rammollito, eh!».

Nozomi era una ragazza che, nonostante tutto quello che aveva subito, credeva in sé stessa. Era determinata. Altrimenti non sarebbe sopravvissuta in un nido altrui. Non si sentiva affatto *rammollita*, anzi, il contrario.

Questo le fece tornare in mente l'episodio del tentativo di furto al negozio. Era stata risoluta e aveva tenuto testa al ladruncolo!

Era successo prima dell'orario di apertura.

Nozomi, che si occupava della contabilità del negozio, stava calcolando gli incassi, in piedi davanti al registratore di cassa.

«Voglio diventare commercialista o contabile. Mi specializzerò all'università. Voglio una vita stabile, ma senza sposarmi: devo pianificare il mio tempo fin d'ora.»

Hiroki le aveva detto che, in tal caso, poteva occuparsi della contabilità del negozio.

«Con l'attività di praticantato di Kure-san, il lavoro in cucina è aumentato. Se ti occupi di questo prima dell'apertura, non ci sono problemi.»

Nozomi stava per rifiutare. "Non mi va. Se nel mio tempo libero mi devo occupare dei libri contabili, piuttosto preferisco fare equazioni matematiche per prepararmi agli esami di ammissione all'università."

Ma Kurebayashi era intervenuto in modo decisivo: «Sarebbe un grande aiuto! Sono felice che tu sia qui da noi, Nozomi!».

A quelle parole così piene di gratitudine, Nozomi non ebbe il coraggio di rifiutare.

Mentre scriveva i numeri, pensò che Kurebayashi fosse un terrorista con il sorriso. "Ti inchioda sorridendo."

«Va bene.»

Nozomi guardò la cucina, separata dalla zona di vendita da una vetrata. Lì Kurebayashi e Hiroki lavoravano. Kurebayashi sembrava affannarsi, mentre Hiroki si muoveva veloce, senza fatica.

Hiroki era aggraziato. Intorno a Kurebayashi era come se soffiasse un vento diverso, pensò Nozomi, mentre li osservava di là del vetro. Un vento del sud, un vento di pace. E quel pane del vento del sud non era male.

Nozomi fissava la cucina, quando un tonfo la fece tornare in sé. Si era distratta a lungo, senza un particolare motivo.

Quando riportò l'attenzione al negozio, si udirono altri colpetti. Qualcuno bussava.

«Chi è?»

Un altro colpetto.

Chiedendosi chi fosse arrivato, Nozomi lasciò la cassa per dirigersi verso la porta. Mancava ancora un bel po' di tempo all'apertura del negozio.

Un cliente? Era presto. Un fornitore?

Toc, toc, toc. Si stava facendo insistente.

«Sì, arrivo!»

Tolse il fermo e aprì la porta. Guardò fuori. Non c'era nessuno. Ma un'ombra nera apparve sotto di lei. Era come se un gattino si fosse infilato tra le sue gambe. Si voltò di scatto.

Un bambino, forse delle elementari, era lì davanti a lei, in piedi. Le sue gambe sottili sporgevano dai pantaloncini corti. La nuca, sotto i suoi lunghi capelli, era bianca. L'intruso, voltando le spalle a Nozomi, guardava il pane sullo scaffale. Era stato attratto dall'odore? In ogni caso, doveva trattarsi di un bambino molto maleducato. Non riusciva a credere che fosse entrato così nella panetteria prima dell'orario di apertura.

«Ehi. Il negozio non è ancora aperto...»

Il bambino, incurante, si avvicinò allo scaffale e con le manacce afferrò un cornetto al cioccolato.

«Aspetta, non è ancora in vendita!»

Il bambino, indifferente, raggiunse di nuovo lo scaffale e prese un *baumkuchen* al cioccolato.

«Ehi. Io...»

L'ammonimento di Nozomi fu vano. Il ragazzino afferrò diversi prodotti da forno, uno dopo l'altro. Quando non riuscì più a tenere tutto in una sola mano, annuì soddisfatto, si voltò verso Nozomi, sorrise e disse: «Grazie!».

Con voce acuta e ancora infantile, uscì come se niente fosse.

Nozomi lo fermò, alzando i toni: «Ehi, tu, aspetta!».

Il bambino la guardò, con gli occhi spalancati, senza capire.

«I soldi!» Quando Nozomi gli si rivolse con aria minacciosa, il bambino guardò altrove, poi prese il pane, aprì la porta con un colpo secco e scappò via.

«Oh, no!» Nozomi urlò con tutta la sua forza: «Fermo, al ladro!». E, senza alcun timore, corse dietro al bambino.

Il ragazzino si chiamava Kodama Mizuno. Sembrava più piccolo, ma era già in terza elementare. Aveva solo la madre, che però non c'era in quel momento, e avrebbe dovuto chiamare al cellulare in caso di problemi.

«Il numero è 090-64564511.» Kodama lo disse ridendo.

«Non sembra una cattiva madre...» disse Hiroki.

Nozomi annuì.

Kurebayashi chiese a Kodama perché avesse rubato il pane.

Lui rispose: «La ragazza mi ha detto che potevo prendere tutto il pane che volevo».

Nozomi negò categoricamente: «Cosa?!». Non aveva detto niente del genere.

Kodama la guardò perplesso.

Nozomi esclamò: «L'hai preso tu, senza permesso!».

«Ma l'ha detto! È vero, non dico bugie!» disse Kodama con gli occhi lucidi.

Nozomi continuava a negare.

Hiroki, al telefono, alzò le spalle. «Il cellulare di sua madre non è raggiungibile, sembra disconnesso.» Riattaccò e chiese a Kurebayashi: «Che facciamo? Chiamiamo la scuola? La polizia?».

Kodama saltò giù dalla sedia: «No, no, non la polizia, per favore!». Corse in un angolo, si accasciò contro il muro e implorò: «Mi dispiace, farò quello che volete! Vi prego di perdonarmi».

Nozomi e gli altri si guardarono. Davanti a quella preghiera e ai suoi grandi occhi umidi, si sentirono in colpa a consegnarlo alla polizia.

«Ragioniamo con calma...»

Sulla base delle considerazioni di Kurebayashi, decisero di lasciar andare Kodama. Ma non potevano farlo uscire così, come se nulla fosse.

Hiroki si rivolse a Nozomi: «Noi lavoriamo, mentre tu hai tempo libero. Assicurati che la sua famiglia sia in casa e fatti dare i soldi del pane», le ordinò.

Nozomi protestò. Perché lei? Ma il sorriso di Kurebayashi le diceva: "Sono felice che tu sia qui".

A malincuore, Nozomi acconsentì ad accompagnare a casa Kodama.

«Mangia, se hai fame.»

Kurebayashi riempì un sacchetto di prodotti e lo diede a Kodama. Hiroki si arrabbiò per questo atteggiamento, ma Kurebayashi sorrise e disse che andava bene.

«È dovere di ogni adulto sfamare un bambino.»

Nozomi pensò che fosse un uomo sempre a suo agio, in pace con sé stesso. Era come se intorno a lui soffiasse una brezza leggera.

Lei e il bambino uscirono dalla panetteria. Kodama le tese la mano opposta a quella che reggeva il sacchetto di carta della Boulangerie. Nozomi esitò interdetta, poi la prese e, insieme, si allontanarono.

«Dove abiti?» chiese Nozomi.

Kodama rispose saltellando: «Più avanti».

Nozomi capì che era inutile insistere e si lasciò guidare in silenzio. Kodama cantava la sigla di *Anpanman* mentre si incamminava allegramente lungo la strada avvolta dal buio. Era piccolo, ma abituato alla notte. Non aveva paura.

Dalla zona residenziale, tornarono verso la stazione, poi svoltarono in un'altra zona residenziale. Qui c'erano edifici alti e il cielo era meno visibile.

In un vicolo fiancheggiato da case unifamiliari relativamente vecchie, Kodama saltò e strillò: «Siamo arrivati!».

Una casa elegante, apparentemente più antica delle altre, con il muro rovinato, esibiva appesa allo stipite del cancello la targhetta con la scritta MIZUNO consumata dalla pioggia e dal vento. La luce bianca delle lampade fluorescenti si rifletteva sulle finestre della casa. Sembrava che sua madre fosse rientrata.

"Bene, devo assolutamente parlarle."

Nozomi non fece in tempo a pensarlo che Kodama sfilò rapidamente la mano e scappò.

«Sono a casa!» urlò, precipitandosi dentro.

Colta alla sprovvista, Nozomi lo chiamò, ma era tardi.

«Maledizione, quel ragazzino...» Mugugnando irritata, Nozomi suonò il citofono.

Niente. Non successe nulla. Suonò di nuovo. Niente. Al terzo tentativo, capì: il citofono era rotto.

Così, Nozomi non ebbe altra scelta che aprire la porta scorrevole dell'ingresso e provare a chiamare la madre di Kodama.

«Mi scusi... Avrei bisogno di parlarle!» Nozomi alzò la voce verso la fioca luce fluorescente che fuoriusciva dal corridoio.

La risposta arrivò inaspettatamente dalla parte opposta.

Una giovane donna in abito bianco apparve alle sue spalle: «Sì, che c'è?!».

«Ah, sì, ecco... Vengo da una panetteria, la Boulangerie Kurebayashi», disse Nozomi osservandola. Sembrava giovane, ma a un esame più attento non lo era. Il naso basso e la frangia dritta la facevano sembrare infantile, ma aveva rughe sottili sul viso e segni di stanchezza.

La donna la guardò perplessa, alzando le sopracciglia: «La panetteria... cosa?».

«Lei è la madre di Kodama?»

«Sì, sono io.»

Nozomi doveva spiegare la situazione. Si avvicinò e disse a bassa voce: «Ecco, a dir la verità, Kodama ha cercato di portare via del pane...».

«Portare via...?»
«Sì, un taccheggio.»
«Tac... cheggio?» La donna non capiva, scuoteva la testa come se non avesse idea di cosa significasse la parola. Poi, come illuminata, si inginocchiò: «Ha rubato!» gridò.
Nozomi era sconcertata dal comportamento imprevedibile della madre, cercò di calmarla. Tuttavia la donna, in preda al panico, iniziò a scusarsi, mettendo le mani a terra e inginocchiandosi.
«Mi dispiace che abbia rubato... Sono davvero, davvero dispiaciuta! Se volete prenderlo, prendete me, lui è innocente! Vi pagherò, per favore, perdonatemi! Vi pagherò quello che c'è da pagare...»
Nozomi, sorpresa da quella reazione eccessiva, le diede la ricevuta.
«Sono... 2360 yen.»
La madre di Kodama rovesciò a terra il contenuto della sua borsa, tirò fuori una banconota da 10.000 yen e la porse a Nozomi.
«Se non basta, ti darò il resto.»
«No, è troppo. Sono 2360 yen.»
La madre insisteva affinché Nozomi accettasse la banconota da 10.000 yen, dicendo che andava bene così.
«Perdonami. Non succederà più», continuava a ripetere la donna.
Con riluttanza, Nozomi accettò. La madre, inginocchiata, si scusò di nuovo.
«Mi dispiace.» Poi aggiunse: «Adesso mi faccio sentire», e corse in casa, lasciando la borsa per terra.
Nozomi era frastornata. Dall'interno, si udì un rumore di vetro rotto. Seguirono uno schiaffo e un pianto.
«Mi dispiace, non lo farò più...»
Poi altri schiaffi. Ancora e ancora.
Nozomi, scossa, si coprì le orecchie inconsciamente e scappò.
Corse a lungo, fino al marciapiede vicino alla strada prin-

cipale e si fermò, senza fiato. Il pianto del bambino non si sentiva più. Nozomi tirò un sospiro di sollievo.

Scosse la testa per riprendersi da quella brutta situazione. Guardò il cielo notturno e nuvoloso, che rifletteva le luci della città e la opprimeva, incombendo su di lei.

Sua madre le diceva sempre: «I genitori non scelgono i figli, ma i figli possono scegliere i genitori. I bambini nascono tra le nuvole e decidono di essere figli di una determinata donna. Tu hai scelto me!».

Nozomi lo trovava un sofisma, ma era l'incantesimo perfetto per arrendersi e accettare la realtà per ciò che era.

"Devo sopportare tutto. Ho scelto io mia madre. Non posso farci niente. Responsabilità personale. Devo sopportare, devo ingoiare le mie lamentele e insoddisfazioni."

Per questo Nozomi capiva Kodama. Non poteva farci niente: anche lui aveva scelto quel genitore e quel nido.

"Tieni duro, ragazzo. Quella madre fa parte della tua vita."

Alla fine erano affari suoi. Non la riguardava. Non poteva fare nulla, anche se sentiva che qualcosa in quella famiglia non andava.

Nozomi riportò i 10.000 yen a Kurebayashi, spiegandogli l'accaduto.

«La casa è oltre la stazione. È una abitazione vecchia, ma decorosa. La madre era in casa. Mi ha dato 10.000 yen. Non voleva il resto: si sentiva in colpa per l'episodio.»

Così dicendo, pensava di aver chiuso la questione. Ma a Kurebayashi non andava bene trattenere tutta quella somma.

«Anche se ha detto di no, dobbiamo darle comunque il resto.» Con il suo solito sorriso, diede delle monete a Nozomi e disse: «Puoi portargliele domani sera?».

Nozomi si chiese perché si sarebbe dovuta prendere la briga di fare una cosa del genere. Dopotutto, la madre era contenta così, visto che il bambino aveva rubato. Avrebbero dovuto tenere i soldi per il disturbo. Tuttavia Kurebayashi la pregò di farlo e Nozomi non ebbe altra scelta: accettò.

Si rese conto di essere diventata molto accondiscendente con lui. Forse perché la ospitava in casa sua, nonostante fosse un'estranea, la presunta sorellastra della moglie defunta? Oppure provava simpatia per Kurebayashi a causa della sua recente vedovanza?

Il mattino dopo pioveva. Nozomi andò a scuola con le monete nella tasca dell'uniforme. Avrebbe portato il resto a Kodama tornando a casa. La scuola non era lontana dalla stazione.

Era fine aprile, ma quel giorno faceva piuttosto freddo a causa della pioggia intensa.

Mentre si cambiava le scarpe davanti all'armadietto e si massaggiava le braccia infreddolite, una compagna la salutò: «Buongiorno, Shinozaki. Fa freddo, vero?».

La ragazza lo disse con una tale disinvoltura che Nozomi fu colta di sorpresa e indietreggiò involontariamente, riuscendo soltanto a rispondere: «Sì, buongiorno... freddo, sì». Poi entrò velocemente in classe.

Non era passato nemmeno un mese dall'inizio della seconda. Dopo l'incidente con Suzuka, gli atti di bullismo erano diminuiti. A volte alcune compagne si fermavano a salutarla, proprio come aveva fatto quella ragazza.

Forse era così, pensò Nozomi. Avevano diciassette anni. A quell'età magari non si sentivano più a loro agio a umiliare gli altri.

Anche dopo la scuola pioveva e il cielo era coperto da nuvole scure. Nozomi fissava il cielo plumbeo attraverso il suo ombrello di plastica trasparente mentre si dirigeva verso la casa di Kodama. Non era sicura che fossero lì, né lui né la madre, ma avrebbe potuto lasciare il resto sulla porta di casa. Così si affrettò, evitando le pozzanghere.

Sotto la pioggia, la casa di Kodama sembrava una spugna zuppa d'acqua. Il tetto era coperto di muschio ed erbacce.

Il giardino era in rovina. All'interno, un'ombra nera si muoveva nell'erba cresciuta liberamente: sembrava saltellasse.

Era Kodama. Sotto la pioggia battente, correva per lo stretto giardino come se inseguisse qualcosa, bagnato fradicio.

«Cosa fai?»

Kodama non rispose; indifferente e sordo, continuava allegramente a inseguire qualcosa che si muoveva ai suoi piedi. A un certo punto si tuffò nell'erba per afferrarlo.

«Preso, preso!»

Il bambino, sporco di fango, teneva la sua preda in mano, coprendole la testa. Poi, sorridendo, si rivolse a ciò che aveva afferrato: «Ciao, Hikari. Come stai?».

Nozomi lo guardava, chiedendosi a cosa stesse parlando. La pioggia era forte e riecheggiava attraverso l'ombrello di plastica, come il rumore di una mitragliatrice.

Come se il suono avesse raggiunto le sue orecchie, Kodama alzò lo sguardo verso di lei.

«Ah... per ieri...» Sorrise e corse da Nozomi. «Guarda, guarda!» Le porse la preda. «È il mio scagnozzo, Hikari. Si è svegliato dal letargo.»

Era inequivocabilmente un rospo ricoperto da verruche marroni.

Nozomi non era schizzinosa come tutte le ragazze. Prese il rospo nel palmo della mano, lo guardò senza disgusto e glielo restituì con calma: «Carino...».

Kodama le avvicinò il rospo alla faccia, come per mostrarlo meglio. Per lui era normale toccarlo.

Nozomi toccò la testa del rospo. Non voleva mancare di rispetto alla gentilezza del bambino. Poi aggiunse, come per rimproverarlo: «Però non dovresti toccare le rane così. Alcune sono velenose, potresti avere un'eruzione cutanea sulle mani».

A quelle parole, Kodama spalancò gli occhi e guardò il rospo. «Incredibile! Hikari, sei velenoso? Fantastico!» esclamò entusiasta.

Nozomi non riuscì a trattenere una piccola risata.

"Com'è innocente, questo bambino!"

«Che bello, anch'io vorrei essere velenoso!» Kodama si rivolse al rospo; sulla guancia aveva un livido pallido, probabilmente dove la madre lo aveva colpito.

Nozomi inclinò l'ombrello verso di lui. Il rumore della pioggia si fece più forte.

«Sai...»

«Cosa?»

«Va bene giocare con Hikari, ma è ora che tu torni a casa.»

«Perché?»

«Be', se non rientri subito, prenderai un raffreddore.»

Kodama si fermò di colpo.

«Ah, sì... già.»

Alzò il viso bagnato dalla pioggia e guardò Nozomi, con occhi annoiati che sembravano perle di vetro.

In quel momento la pioggia aumentò di intensità. Lo scroscio sembrava quasi la raffica di un'arma da fuoco che colpiva a morte senza pietà.

Kodama borbottò qualcosa: «Ecco...».

La pioggia coprì le sue parole.

Nozomi, che non riusciva a sentirlo, chiese ad alta voce: «Cosa c'è?».

Kodama, quasi urlando, rispose: «Non posso. È chiusa a chiave, non posso entrare!».

Nozomi non capiva bene cosa intendesse, quindi domandò: «Hai perso le chiavi?».

Kodama scosse la testa: «No... a chiave... da dentro... non posso entrare».

La pioggia si fece più forte. Nozomi lo fissava con aria interrogativa.

«Quando... a casa... d'intralcio... quindi... devo aspettare qui fuori.»

Nozomi fissava la bocca di Kodama, cercando di capire cosa non dicesse, completando nella sua testa le frasi. Sotto il fruscio della pioggia.

"La mia casa è chiusa a chiave da dentro e non posso entrare. Quando mia madre è in casa, sono d'intralcio. Quindi, non posso farci niente. Devo aspettare qui fuori."

In quel momento, nella mente di Nozomi riaffiorarono vecchi ricordi. Una casa in cui non poteva entrare. La pioggia a dirotto. Il fango sui calzini. Le mani fredde. Gocce d'acqua sulla frangia. Risate lontane.

"Quanto a lungo si può sentire il suono della pioggia che si diffonde attraverso gli spazi vuoti? Ho un forte dolore dietro l'orecchio sinistro. Anche la mia guancia sinistra è piuttosto calda."

Non ricordava quando o dove fosse successo. Ma ogni volta che quelle sensazioni riaffioravano alla mente, la confondevano. Non era più lei, una strana emozione, la sua coscienza vagava lontana.

Mentre era persa nei suoi pensieri, Kodama la chiamò: «Ehi, che ti prende?».

Nozomi improvvisamente tornò in sé: «Eh?».

Senza nemmeno rendersene conto, aveva lasciato cadere l'ombrello e si era bagnata.

«Va tutto bene?» chiese Kodama, preoccupato.

Nozomi non poté fare a meno di sorridere amaramente. Doveva essere lei a preoccuparsi per il ragazzino, che aveva evidentemente dei problemi; invece era il contrario. Forse anche lei aveva qualcosa che non andava.

Nozomi riportò Kodama alla Boulangerie. Per qualche ragione, sentiva che doveva farlo.

Quando Hiroki li vide inzuppati da capo a piedi, domandò con una smorfia: «Ehi, avete fatto il bagno in piscina, oggi?».

Kurebayashi diede loro un asciugamano.

«Cambiatevi subito, o prenderete un raffreddore», disse sorridendo. «Dovreste fare un bel bagno caldo e riscaldarvi. Il raffreddore è l'origine di tutte le malattie.»

Da allora Kodama iniziò ad andare spesso al negozio. Nozomi gli aveva detto di farlo.

«Quando tua madre non è in casa, vieni qui. Anche se non hai da mangiare, in panetteria troverai sempre aiuto e pane delizioso. Non male, no?»

Kodama arrivava a orari diversi. A volte all'imbrunire, a volte di notte. A volte all'alba.

«Perché il cielo qui è più grande?» diceva davanti al negozio, guardando il sole sorgere.

A Kodama piacevano le cose grandi: era un ragazzino. Per questo teneva con sé Hikari, il rospo.

Per inciso, il suo nome in origine era Kodama. Aveva preso un girino in uno stagno del parco e l'aveva chiamato come lui.

«È il mio aiutante, Kodama Junior, o Junior. Era un girino enorme. Così ho voluto farne il mio scagnozzo. Ma gli sono cresciute le zampe e si è trasformato in un rospo. Quando Kodama si evolve diventa Hikari, no? Per questo l'ho chiamato così.»

Nozomi non capiva cosa intendesse e scosse la testa. Cosa diamine significava *Kodama si evolve*?

Kurebayashi e Hiroki le diedero una pacca sulla spalla e risero.

«Quindi la forma finale di Kodama sarà Nozomi!»

«In pratica siete i fratelli *Shinkansen*. Mica male, no? Guardate che bel fratellino!»

Gli occhi di Kodama brillarono.

«Nozomi-chan ha uno splendido fratellino *Shinkansen*!»

Dopo quella disamina di Hiroki, Kodama iniziò a guardare Nozomi con rispetto.

«Nozomi-chan è fantastica, anch'io presto voglio diventare un *Nozomi*!»

Anche Kodama, occasionalmente, iniziò a partecipare alla panificazione. Hiroki non mentiva quando diceva che avrebbe insegnato anche a un gatto randagio.

«Tra tutti e tre, Kodama è quello con il gusto migliore!» diceva senza mezzi termini.

Era sicuramente vero che Kodama lavorava con tutto l'impegno possibile, ma si distraeva, era pur sempre un bambino. Sbagliava le quantità e l'impasto alla fine diventava duro. Probabilmente Hiroki lo lodava per motivarlo, pensava Nozomi.

«Hai visto, ci sei riuscito!»

«L'importante è trattare l'impasto con amore.» Nozomi ripeté le stesse parole di Hiroki, ma nutriva ancora dei grossi dubbi in merito.

«Come fai a parlare d'amore, che ne sai?» chiese Hiroki. «Non hai mai amato nessuno, vero?»

Nozomi, punta sul vivo, rimase in silenzio.

Vedendola, Hiroki sogghignò e continuò a voce alta: «Tutto quello a cui pensi finisce lì dentro. E non sono tutte cose positive. Gelosia, attaccamento, odio. Elementi negativi. Per questo è difficile e prezioso. Capisci, ragazzina?».

Hiroki mostrò il misurino e proseguì: «Lasciar andare è semplice. Ci si sente sollevati. È sbagliato aggrapparsi a qualcosa che non si vuole lasciare andare. Bisogna lasciar andare nel momento giusto, anche se non si vuole, anche se si prova qualcosa. Per questo bisogna essere delicati. La parte migliore di noi emerge quando ci diciamo addio».

Nozomi pensò a Kodama che, riluttante, lasciava Hikari nell'erba. Era quello che voleva dire?

«Capisco...»

Kodama era affezionato a Orie, mentre imparava a fare il pane, chiedeva sempre dolci al cioccolato.

«Orie mangia spesso il cioccolato. Dice che la fa stare bene. Ecco perché voglio metterlo nel pane. Quando lei è felice, lo sono anch'io. Farò tanto pane al cioccolato per lei.»

Il pane che aveva rubato, in effetti, era al cioccolato. Era per Orie.

Ogni volta che tornavano a casa, teneva la mano di Nozomi. Quando gliela stringeva era felice e saltellava.

“Sembrerà anche un po’ più grande, ma è soltanto un bambino.”

«Oggi che strada facciamo?»

«Se passiamo di qua, vediamo un gatto tricolore!»

Portandolo spesso a casa, Nozomi notò che Kodama conosceva bene le strade. Cambiavano sempre percorso. Di qui i tulipani, laggiù un tempio con i draghi, più avanti un cane, diceva. Forse perché era nato e cresciuto lì, ma non solo. Probabilmente, da tempo, vagava di notte quando non poteva entrare in casa. O quando la madre non c’era.

«Kodama, ieri sera eri solo?»

«Sì.»

«Hai cenato?»

Nozomi lo aveva capito: da parecchio osservava i movimenti del bambino.

«Ho mangiato il pranzo della scuola.»

«Okay.»

Il nido di Kodama era vuoto. La mamma uccello non era tornata. E se tornava, non portava cibo. Per questo Kodama vagava di notte per la città e rubava da mangiare. Se si sentiva solo, toccava gatti e fiori e altre cose sul ciglio della strada per distrarsi. Era quasi abbandonato.

Nozomi lo aveva capito.

Aveva incontrato la madre di Kodama più volte: sempre vestita in modo giovanile e inappropriato alla sua età, guardava Nozomi con occhi civettuoli.

«Kodama ha combinato qualche altro guaio?» chiedeva intimidita. «Se c’è qualcosa che non va, fammelo sapere. Non ha un padre, gli mancano le basi dell’educazione.»

Nozomi nascondeva il fastidio che le provocava quella donna e rispondeva: «Kodama è un bravo bambino. Non ha fatto niente». La riteneva una madre spregevole, e non voleva creare ulteriori problemi a Kodama. O forse nutriva ancora un po’ di speranza verso di lei. Voleva credere che non ci fossero molte donne come sua madre.

Nozomi non si era arrabbiata quando Hiroki le aveva detto che il suo pane era rammollito. Questo perché non pensava affatto di essere lei stessa una rammollita. Ma quelle parole la stavano facendo dubitare. Forse sbagliava con la madre di Kodama. Doveva affrontarla, chiederle se riteneva di crescerlo bene. Forse era davvero troppo rammollita per farlo.

Quel giorno, Kodama si presentò alla Boulangerie Kurebayashi nel tardo pomeriggio. La sua visita a quell'ora significava che voleva partecipare alla panificazione.

«Oggi faccio la cioccolata», disse sorridendo. E si dedicò alla preparazione dei croissant al cioccolato. Era riuscito a fare l'impasto senza grossi problemi e senza bisogno di aiuto. Forse aveva una buona memoria, o forse era portato.

«È l'amore per Orie-chan», disse Hiroki.

Kurebayashi annuì: «L'amore è una cosa straordinaria!».

Kodama incartò il croissant e tese la mano a Nozomi. Lo faceva sempre prima di uscire dal negozio, ultimamente. Nozomi avrebbe dovuto notarlo: quello era stato l'unico cambiamento in lui.

Arrivati a casa, le luci della sua stanza erano accese. Kodama lasciò la mano di Nozomi e corse verso casa. Inciampò e cadde sul marciapiede.

«Che fai, Kodama?»

Sembrava una semplice caduta e Nozomi rise. Poi si rese conto che non c'era nulla da ridere: Kodama era a terra, rannicchiato, si teneva la mano destra, che aveva sbattuto, e cercava di sopportare il dolore.

«Kodama...?»

In preda al panico, Nozomi se lo caricò sulle spalle e lo portò al pronto soccorso vicino. Dopo una lastra, gli fu diagnosticata una frattura del pollice destro.

«Guarirà presto: in un paio di settimane. Ma tuo fratello ha le ossa fragili. Sembra denutrito. C'è forse qualcosa sulla sua vita che dovremmo sapere?»

Nozomi, che si era spacciata per sua sorella, rispose con cautela: «È schizzinoso. Non mangia molto...».

Kodama stesso glielo aveva chiesto mentre andavano in ospedale. Le aveva chiesto di non rivelare la sua identità: avrebbe preferito non andarci piuttosto che dire di essere Mizuno Kodama.

«Anche i nostri genitori non sanno più cosa fare...»

Il medico replicò: «A proposito, vuoi chiamare i tuoi? Non hai la tessera dell'assicurazione né i soldi, vero?».

«Ehm, ecco...»

«In ospedale non si possono usare i cellulari, usa questo», disse il medico indicando il telefono sulla scrivania.

Sorrideva gentilmente.

Nozomi pensò che fosse voluto: "Sono i tempi in cui viviamo. Le istituzioni mediche sono più sensibili alle negligenze verso i bambini". Non poteva farci niente.

Nozomi prese il telefono con determinazione. Controllò la rubrica del suo cellulare e digitò il numero.

Dopo tre squilli, rispose Kurebayashi.

Appena riconobbe la sua voce, sbottò: «Papà, sono Nozomi, Kodama è ferito, siamo in ospedale, vieni subito». Diede il nome dell'ospedale e riattaccò.

Neanche quindici minuti dopo, arrivò Kurebayashi, senza fiato, in divisa da cuoco.

Non appena lo vide, Nozomi gli corse incontro, gridando: «Papà!». Kurebayashi capì la situazione e recitò la sua parte, adeguandosi alla pantomima: «Nozomi, tranquilla, ci sono io, papà. Come sta Kodama?».

Pronunciò quelle parole con estrema attenzione, recitando le battute con cautela. In qualche modo, lui e Nozomi riuscirono a portare avanti la commedia.

Dopodiché, andarono a casa di Kodama.

Nozomi non ci metteva piede da tre settimane.

Varcata la soglia, videro un mucchio di sacchi della spazzatura.

«Che orrore...»

I sacchi erano ammassati lungo tutto il corridoio, come una catena montuosa.

«Non ci credo...» sbottò Nozomi, osservando l'interno della casa.

Kurebayashi, con Kodama sulle spalle, guardava la stanza in silenzio.

«Ho visto sua madre dieci giorni fa. È sempre stata una persona molto nervosa, quindi non sapevo se si stesse comportando in modo strano.»

Nozomi guardò Kodama, che dormiva profondamente sulla schiena di Kurebayashi.

«Questo ragazzino non ha detto niente della scomparsa di sua madre...» Nozomi si interruppe: la voce le si strozzò in gola.

Kurebayashi sorrise e la spinse dentro casa, dicendo che non potevano farci nulla.

«Forza, mettiamo a letto Kodama.»

La stanza del bambino si trovava al secondo piano. Era un disastro, ma il letto era pulito. Kurebayashi lo adagiò. Kodama dormiva profondamente e sospirava nel sonno.

«Cerco dei vestiti di ricambio.»

Kurebayashi annuì in risposta alle parole di Nozomi.

Nozomi aprì i cassetti e chiese: «Ehi, Kurebayashi...».

«Sì?»

«Cosa facciamo con Kodama?»

Kurebayashi rifletté: «Non so... cosa sarà successo?».

Tornando dall'ospedale, Kodama aveva parlato di sua madre.

«A volte se ne va», aveva confessato. Lo aveva detto come se fosse normale, perché non accadeva raramente.

«A volte un giorno solo, a volte di più. Dice che odia tutto: alzarsi la mattina, andare a letto la sera, mangiare... Mi dispiace per lei. Perché è tutto molto doloroso.»

"Non importa", aveva pensato Nozomi. "Il dolore è una scusa. Non può essere un motivo per abbandonare suo figlio. È difficile per tutti alzarsi al mattino. Anche di notte, il più delle volte è difficile dormire bene. Per alcuni, persino mangiare è una fatica. Ma non scappano."

«Nel frattempo devo comportarmi bene. Evitare la polizia e gli ospedali. Mamma dice che sono pericolosi. Se sbaglio, poi torno in istituto.»

Kodama aveva raccontato di essere stato per un breve periodo in istituto, separato dalla madre. Non sapeva perché era finito in quel posto, ma un adulto che non conosceva lo aveva portato via con la forza.

«Non sono un bambino. Non ho paura dell'istituto, sono forte! Ma mi dispiace per Orie-chan, quindi non posso. Devo restare qui.»

«Orie-chan è importante per te?»

Alla domanda di Nozomi, Kodama aveva risposto come se fosse ovvio: «Sì, perché Orie-chan è la mia mamma». Poi aveva riso e annuito di nuovo. «E le mamme sono importanti.»

Quindi si era sforzato di ripeterlo. «Devo aspettare Orie-chan, così quando tornerà non sarà sola.»

Riflettendo su quelle parole, Nozomi frugò nei cassetti del comò. Erano pieni di vestiti stropicciati in disordine. Sua madre non faceva molto, quando era a casa.

«Kodama, forse in istituto staresti meglio...»

Kurebayashi si voltò in silenzio. Sorrideva come al solito.

«Sua madre non è capace di fare il genitore. È andata via tante volte, l'ha abbandonato. È egoista. Un genitore che fa male al figlio è meglio che sparisca dalla sua vita.»

Nonostante la durezza delle parole di Nozomi, Kurebayashi ascoltava sorridendo. Manteneva lo stesso atteggiamento di sempre. Questo alla fine riusciva a piegare le avversità.

«Si pensa che i bambini non capiscano niente, che ridano e si divertano. Sbagliato. Osservano gli adulti e cercano disperatamente di comprendere ciò che accade.»

Nozomi pensò che Kurebayashi fosse furbo. Era sempre lei ad arrabbiarsi, a urlare e a mettere il broncio. Lui si comportava come un bambino che cercava di capire le cose.

«Per i bambini è dura. Se vengono abbandonati ripetutamente, è normale deprimersi. Kodama, più aspetti, più è difficile che...»

Mentre sputava fuori quelle parole, Nozomi aprì di scatto un cassetto e tirò fuori una camicia. Tra altri, cadde un sacchettino bianco e sbrindellato. Su ogni sacchetto c'era il timbro BOULANGERIE KUREBAYASHI.

«Ma questo...» Kurebayashi ne raccolse uno e sorrise. «Il pane preparato da Kodama. Non lo mangiava, lo conservava per sua madre.»

In quel momento, Nozomi ricordò le parole di Kodama: "Quando Orie-chan è felice, lo sono anch'io. Per questo faccio il pane al cioccolato".

Ripensandoci, rimase senza parole. Erano cose che faceva anche lei da bambina.

Per esempio, raccoglieva conchiglie sulla spiaggia vicino alla casa dei nonni, semi di fiori, quadrifogli, bellissimi gusci di cicala: cose senza importanza. Le avrebbe date a sua madre quando sarebbe venuta a prenderla. Voleva renderla felice, come un'idiota.

«È stupido. Per una madre così, perché...»

Nozomi in cuor suo capiva Kodama. Anche con una madre così, era l'unica cosa che lui poteva fare.

«Perché lo fai?»

Anche Nozomi era così. Sua madre era l'unica cosa a cui aggrapparsi, quando era piccola. In un nido senza alleati, pensava: "Un giorno tornerà. Sicuramente, un giorno la mamma tornerà a prendermi. Lei verrà e io starò bene". Era la sua unica preghiera, l'unica speranza di salvezza, cui non poteva rinunciare.

Kodama era come lei. Il suo unico sostegno era attendere il ritorno di Orie.

«È davvero stupido», disse Nozomi con un nodo alla gola.

Kurebayashi rise e disse che sì, era così. Guardò Kodama con uno sguardo radioso.

«Hai ragione. I bambini sono stupidi, Nozomi-chan», disse accarezzando Kodama. «Amano i genitori, nonostante tutto.» Le sorrise.

«Allora aspettiamo insieme che sua madre torni? Kodama vuole crederci e aspettare. Non possiamo più tornare indietro.»

Nozomi pensò che Kurebayashi fosse furbo. Sapeva sempre cosa pensava lei e diceva sempre frasi appropriate.

«Davvero... Nozomi-chan?»

«Sì», rispose Nozomi, come se fosse lei a dover essere salvata. «Sì.»

***

«Mi prenderò cura di te mentre tua madre è via», aveva promesso a Kodama. «L'evoluzione di Kodama si chiama Hikari, e un'ulteriore evoluzione è Nozomi. Io sono la tua Nozomi, quindi ho il dovere di proteggere Kodama. Hai capito? Se hai qualche problema, conta su di me, okay?»

Kodama non avrebbe mai potuto immaginare che la versione evoluta di Kodama e di Hikari sarebbe stata così. L'evoluzione era sorprendente, incredibile.

La pasticceria di mezzanotte era diversa da quella precedente.

"Ci sono due uomini, uno in bianco e uno in nero, che preparano il pane e in mezzo c'è Nozomi-chan. C'è tanta gente, ed è sempre rumoroso. Ma non è male. Hiroki mi insegna a fare il pane e Kure-san sorride sempre. Non so perché, ma sorride sempre."

Kodama pensava che sorridere fosse una cosa buona.

"Anche quando sono triste, sorridere mi fa sentire felice."

«Il mio numero di cellulare è 090-64564511. Se succede qualcosa, chiama, okay?» Kodama ripeteva il numero ridendo.

Lo divertivano i giochi di parole.

"È divertente. Quando qualcosa è divertente, la tristezza va via. Voglio insegnarlo anche a Orie-chan."

Kodama ci pensava mentre impastava.

"Non posso dare il pane a Orie-chan per un po', ma ho altre persone a cui regalarlo: Nozomi, Hiroki e Kure-san. Anche a Hikari. Sono piuttosto occupato. Devo impegnarmi al massimo per preparare il pane. Bisogna dare del buon pane alle persone a cui si vuole bene. È quello che ha detto Nozomi, quindi è quello che farò. Mi piace preparare il pane pensando a questo. Penso che Orie-chan non si sia divertita abbastanza. Preparo un sacco di divertimento e aspetto il suo ritorno. Perché è triste. Devo raccogliere un sacco di divertimento."

3.
DIVISION & DÉTENTE

A Yūya Madarame bastava un monolocale di quarantadue metri quadrati, all'ultimo piano di un edificio di otto. Era una grande stanza con finestre su tre lati che offrivano una vista panoramica sulla città. Un intero mondo in soli quarantadue metri quadri. C'era un perfetto equilibrio. I pasti erano consegnati a domicilio, la spesa online e anche le passeggiate potevano essere fatte sul comodo tapis roulant. A causa del suo lavoro di sceneggiatore, a volte era costretto a visitare la società di produzione e le emittenti televisive per incontri di lavoro, ma questo gli richiedeva solo poco tempo e brevi spostamenti. E se aveva bisogno del calore di qualcuno, poteva accarezzare la pancia del suo gatto, Gutan. Anche se aveva un manto sporco come quello di un panno da cucina, era piacevole da toccare a occhi chiusi. E visto che era in sovrappeso e si muoveva lentamente, non aveva difficoltà ad agguantarlo.

"Viva, Gutan!" pensava Madarame. Gutan era un gatto molto comodo e Madarame ne era profondamente innamorato.

Quanto alle relazioni umane, invece, poteva goderne appieno scrutando attraverso i telescopi sui tre davanzali. Era una relazione un po' unilaterale, che soddisfaceva la sua curiosità e non comportava alcun fastidio. Qualcuno avrebbe potuto considerarlo voyeurismo, ma per Madarame, che non aveva quasi nessun contatto con il mondo, l'opinione che gli altri avevano di lui era come un disastro dall'altra parte della terra: non lo toccava minimamente. In altre parole, poteva spegnere l'interruttore e non preoccuparsi degli altri.

La sua era una vita in modalità *risparmio energetico*, si compiaceva Madarame. Diversamente non sarebbe stata commisurata ai propri mezzi. In altre parole, avrebbe chiesto troppo a sé stesso. Tutto ciò di cui aveva bisogno era una discreta quantità di elettricità, di provviste e un po' di calore. Richiedere di più era antieconomico, in tutti i sensi.

Suonò il campanello. Era la suoneria dell'ingresso comune al pianoterra. Guardò l'orologio e vide che erano le 21.30.

"È dalla panetteria", pensò Madarame. "La consegna è prevista a quest'ora."

L'aveva richiesta qualche giorno prima. Forse perché era esausto.

Dopo una riunione di quindici ore per discutere un adattamento teatrale di due ore, Madarame era passato dalla panetteria verso l'alba, completamente svuotato.

L'atmosfera del negozio era a suo modo elegante, e l'aroma di pane nell'aria lo aveva conquistato a tal punto da indurlo a spingere la porta del negozio. L'uomo che ci lavorava aveva gli occhiali e la barba incolta come lui, ma a differenza sua era di bell'aspetto. La cosa lo aveva infastidito, ma quell'uomo gli si era rivolto con tanta gentilezza che lo aveva perdonato subito. Aveva anche apprezzato il fatto che non avesse un anello all'anulare sinistro.

L'uomo era stato così gentile da fargli assaggiare del pane. Madarame, che non era abituato alla gentilezza degli estranei, senza rendersene conto, aveva firmato per la consegna a domicilio bisettimanale.

Tirando il cappuccio della felpa sugli occhi, Madarame rispose al citofono. Sul piccolo schermo apparve l'immagine di una liceale.

«Salve, sono della Boulangerie Kurebayashi», disse la liceale sul display. Madarame premette il pulsante di sblocco del portone d'ingresso. In quel momento, l'immagine della ragazza scomparve dall'inquadratura. Le ci vollero circa tre minuti per salire con l'ascensore e raggiungere il monolocale di Madarame all'ultimo piano.

Madarame era sempre indeciso se aspettare all'ingresso o all'interno della stanza.

Se l'avesse aspettata all'ingresso aprendole subito, la ragazza avrebbe potuto pensare: "Cosa vuole questo vecchio in agguato?".

D'altra parte, se l'avesse aspettata all'interno della stanza, lei avrebbe potuto dire dentro di sé: "Sai che sto per arrivare, quindi vieni alla porta, vecchio inutile!".

Dopo circa due minuti, Madarame si arrese, e si incamminò nel corridoio. Inutile sforzarsi.

"Per quanto mi impegni, per le liceali sono sempre un vecchio inquietante. Disgustoso!"

Il che suonava come un incantesimo offensivo che riecheggiava nella testa Madarame.

"Non perderò! Non cadrò vittima di questo incantesimo."

Si sentì di nuovo il campanello. Questa volta si trattava della porta dell'appartamento.

Madarame tolse il blocco alla serratura e aprì la porta. La liceale in piedi davanti a lui era una ragazza magra con i capelli corti. I suoi calzini blu scuro risaltavano sulle gambe bianche e snelle.

Non molto tempo prima, le ragazze delle scuole superiori indossavano calzini larghi che assomigliavano a quelli di Gundam.

"Il tempo scorre a una velocità impressionante", rifletté Madarame.

«Sono qui per consegnarle il pane che ha ordinato.»

"E da quando le liceali si esprimono in modo così educato e fanno lavori onesti, invece di incontri a pagamento?" pensò lui.

«La prossima settimana inizieremo a vendere dei nuovi dolci. Ecco la lista. Se c'è qualcosa che le interessa, può ordinarlo», disse la liceale, senza cercare di essere particolarmente amichevole.

Non era una ragazza così carina, ma il solo vederla parlare lo fece sorridere, forse per quella energia tipica delle liceali. Le sue guance sottili e carnose erano molto lisce. Anche le orecchie, tra i capelli corti, sembravano incredibilmente fresche.

"Maledizione", pensò Madarame. "Non è bella, ma molto carina." Così, inavvertitamente, disse: «Allora aggiungo questo pane dolce marmorizzato e banane caramellate».

Poi, un ragazzino da dietro la liceale apparve all'improvviso e gli disse: «Grazie mille per il suo tempo».

Madarame alzò gli occhi al cielo, chiedendosi se fosse il fratello minore.

"Oggigiorno i ragazzi portano con sé le loro sorelle e i loro fratelli a lavorare? L'economia giapponese è così in crisi?" Forse, se non riuscivano a esaudire gli ordini come previsto, avrebbero ricevuto delle sanzioni; forse li costringevano a saltare i pasti. A pensarci bene, entrambi sembravano piuttosto magrolini... Alla fine, Madarame si fece prendere la mano.

«Allora aggiungo anche il Pfefferkorn e questo Pain de Lodève alla lista...»

Mentre parlava, pensò che il mondo era un luogo davvero pericoloso.

"Appena ci si lascia coinvolgere, si finisce per fare cose che non convengono. Vieni sfruttato in tutti i sensi. Devo stare attento. Devo continuare a vivere la mia vita in modalità *risparmio energetico*, assolutamente sostenibile."

***

La Boulangerie Kurebayashi aveva iniziato le consegne a domicilio solo da due settimane. Hiroki, che voleva espandere le vendite, si era deciso a farlo grazie al numero di clienti e al passaparola online.

«Kure-san è diventato più utile, facciamo più pane. È il momento di iniziare le consegne a domicilio», aveva detto.

Tuttavia Kurebayashi non era d'accordo. I clienti erano aumentati, vero, ma non era detto che tutti volessero le consegne. Se il numero delle richieste fosse stato piccolo, non sarebbe stato redditizio.

«Anche poche consegne richiedono tempo, non possiamo lasciare il negozio scoperto.»

Hiroki aveva sorriso ironicamente e risposto: «Non mi assenterò. Sarà Nozomi a fare le consegne. Per quanto il mio pane sia buono, non avremo una valanga di ordini. All'inizio, quindi, consegneremo in bicicletta nelle zone vicine. Nozomi sarà la nostra cartina al tornasole per capire se l'attività di consegna a domicilio conviene».

Nozomi rifiutò. Sperava ancora di imparare la contabilità, ma non voleva fare consegne. Doveva sempre studiare per l'esame di ammissione, nel suo tempo libero. Al che, Hiroki le chiese di cosa si trattasse.

«Hai iniziato a studiare da poco, l'università in cui entrerai sarà quella adatta alle tue capacità.»

Che logica spietata! Nozomi guardò Kurebayashi, cercando un'ancora di salvezza. Cercò di fargli capire con lo sguardo che non voleva assolutamente occuparsi delle consegne. Ma era Kurebayashi. Annuì e disse con un sorriso: «Nozomi-chan, allora te ne occupi tu?».

Nozomi capì. Aiutare il negozio era fondamentale per vivere in quel nido. Non poteva evitarlo se voleva sopravvivere.

Le consegne a domicilio iniziavano alle 20.30. Nozomi usciva subito dopo cena, con la cassetta degli ordini.

«Perfetto per riempirsi lo stomaco», diceva Hiroki.

Non era il massimo, ma Nozomi non aveva scelta. La bici per le consegne aveva due ruote posteriori. Non era sofisticata, né veloce, ma molto stabile. Nozomi pedalava nel buio, usando il cellulare come navigatore. Aveva rinnovato il contratto del suo numero solo per permettere a Kodama di telefonarle, ma si rivelò utile anche per le consegne.

Il primo giorno, ebbe quindici consegne. Ci volle più tempo del previsto. La settimana dopo, ventotto.

Se il numero aumentava così, non avrebbe potuto studiare per l'esame di ammissione e nemmeno avrebbe avuto il tempo per rivedere la sua preparazione.

Inoltre, c'erano clienti difficili. Scoprivano che era lei a consegnare e restavano delusi. Chiedevano di Hiroki, informazioni personali: età, fidanzata, hobby, gusti... Alcuni le chiedevano gli allergeni del pane, o addirittura di posare per i loro disegni. Clienti bizzarri.

In questo marasma, Madarame era tutto sommato tra i clienti più dignitosi. Nonostante l'aura nera che lo avvolgeva, non diceva niente di sgradevole, pagava subito e ordinava nuovi prodotti. Quasi un cliente importante.

Tuttavia, ogni volta, uscendo da casa sua, Nozomi sentiva un brivido inspiegabile. Come se lui la seguisse con lo sguardo anche dopo che lei aveva lasciato l'appartamento. Nozomi si voltava spesso. A volte montava in fretta sulla bicicletta e pedalava veloce all'indirizzo successivo, come per scappare. Madarame era un buon cliente, ma inquietante. Questa era l'onesta valutazione di Nozomi.

Hiroki e Kurebayashi la rassicurarono.

«Ma va, non fare la stupida. Non ti segue. È impossibile che quell'uomo si metta a seguirti», dichiarò perentorio Hiroki.

Kurebayashi concordava: «Madarame evita di uscire di casa e di avere contatti con gli umani. Non credo proprio che si metterebbe a inseguire le ragazze».

"Deve essere un tipo molto noioso", pensò Nozomi. Anche la mamma cuculo diceva che gli uomini erano così. Non capiva la stranezza che trapelava da Madarame.

Vedendo che Nozomi non era convinta, Hiroki le propose: «Se sei così a disagio, perché non porti Kodama con te?

Il pollice rotto è guarito, quindi potrebbe farti da cane da guardia».

Nozomi rimase perplessa davanti a quella soluzione semplicistica, pensava che Hiroki non avesse capito nulla.

"Che diamine, Kodama? Non è un cane da guardia che si mette a difesa delle persone. Semmai è un gatto egoista, che dorme e gioca ovunque!"

Non era decisamente possibile che facesse il cane da guardia. Anche se non la riteneva una cosa sensata, Nozomi alla fine decise lo stesso di portare Kodama con sé per fare le consegne, pensando che comunque fosse meglio che stare da sola.

Madarame era davvero inquietante. Era proprio il caso di dire che era un piccolo sacrificio necessario per un bene più grande.

«Aiuterò Nozomi-chan, ci penso io!»

Kodama era felice di seguirla. Nozomi pensò che andasse bene. Non immaginava che il *cane da guardia* avrebbe causato un disastro già il primo giorno.

***

«Allora aggiungo alla lista il Pfefferkorn e il Pain de Lodève...»

«Grazie. Il totale è 2670 yen.»

Dopo aver preso l'ordine di Madarame e aver correttamente raccolto i soldi, soddisfatto, Kodama drizzò una coda invisibile.

«Oh, c'è un gatto, c'è un gatto, Nozomi-chan!» urlò il bambino improvvisamente.

Poi, dopo aver gridato così, come un felino che ha trovato il suo giocattolo, passò sotto i piedi di Nozomi e Madarame e si precipitò nella stanza.

«K... Kodama!»

Nozomi cercò di fermarlo, ma il bambino entrò e sparì.

Non appena fu fuori dalla loro vista, si sentì il rumore di uno schianto, come di un vetro che si infrangeva.

Madarame si precipitò nel monolocale. Nozomi, dopo un attimo di esitazione, lo seguì.

Nella stanza, Kodama e il gatto erano seduti immobili vicino a un vetro rotto.

«Kodama...»

Il bambino alzò il viso cupo, abbassò le sopracciglia e disse con un filo di voce: «L'ho fatto cadere. Mi dispiace».

Madarame reagì per primo.

«Non importa. Non valeva nulla.»

Poi guardò Nozomi e aggiunse: «Lascerò correre anche sull'irruzione in casa mia. Ma a una condizione».

Madarame si avvicinò. Nozomi capì. Dopotutto, aveva notato quella stranezza non appena entrata nello studio.

«Spero che non lo dirai a nessuno», disse Madarame guardando verso le finestre. Nozomi seguì il suo sguardo e osservò meglio. C'erano finestre su tre lati, tutte grandi e ampie. Al di là delle finestre, si estendeva davanti ai loro occhi un panorama notturno che sembrava uno spettacolo di particelle di luce.

Un certo numero di telescopi era allineato accanto alla finestra che si affacciava su quello splendido panorama. Erano ottimi telescopi astronomici, con cui si potevano vedere gli anelli di Saturno. Oppure l'interno di un palazzo in lontananza. Erano puntati in tre direzioni diverse.

«Intendi questo...?»

Alle parole di Nozomi, Madarame annuì.

Nozomi capì perché si sentiva osservata da Madarame. Era sicura che quel tizio la spiasse con il telescopio. E non solo lei: probabilmente spiava tutti.

«Capisco.»

Era un guardone.

Nozomi promise di non dire niente e uscì. Non mentiva. Decise deliberatamente di ignorare quel lato perverso di Madarame.

Non lo faceva per ricambiare la sua pazienza con Kodama, che aveva rotto il vetro. Naturalmente, non approvava Madarame. Non voleva avere niente a che fare con quel pervertito. Dopotutto, anche prima di sapere che fosse un guardone, lo riteneva una persona inquietante. Non voleva averci a che fare più del necessario, o ritrovarsi immischiata in situazioni spiacevoli: problemi, denunce, tribunali. Non voleva avere un rapporto duraturo con lui, come imputato e testimone. Aveva altro da fare: studiare, aiutare in panetteria, cercare la madre di Kodama. Non aveva tempo per quel guardone di Madarame.

Tra l'altro, la madre di Kodama si era fatta viva telefonando alla Boulangerie Kurebayashi al momento giusto, ovvero il giorno dopo che avevano saputo della sua scomparsa.

«Pensavo di tornare tra una settimana», aveva detto con voce nasale e mielosa. «Con te che ti occupi di lui, ho pensato che avrei potuto allontanarmi di casa per un po'. Ah, per quanto riguarda i soldi, come sicuramente Kodama sa, sono sullo scaffale del soggiorno», aveva proseguito senza rendersi conto della sua arroganza.

Ecco perché Nozomi si era irritata e le aveva risposto a brutto muso.

«Ma che madre sei? Kodama è stato a casa da solo per tutta la settimana, come pensi si sia sentito? Ma ce l'hai un briciolo di coscienza?»

La madre di Kodama aveva risposto in modo evasivo: «Non sono lui, quindi non so come si sia sentito».

"Non è questo il punto!" aveva pensato Nozomi.

La madre aveva continuato: «Voglio stargli lontano: è meglio così».

Dall'altra parte del ricevitore era risuonata una voce maschile: «Che succede?».

«Niente», aveva replicato la donna con voce ancora più mielosa, prima di riattaccare. Nozomi, con il ricevitore ancora in mano, aveva pensato: "È scappata con quell'uomo. Come la mia mamma cuculo. Probabilmente non le importa dei sentimenti di suo figlio e desidera solo stare con quel tizio".

Quel pensiero l'accecava ancora dalla rabbia. Era furiosa. Quell'uomo l'avrebbe usata e poi l'avrebbe lasciata. E lei sarebbe tornata a casa per aggrapparsi disperatamente a suo figlio. Come la mamma cuculo.

"Dopotutto, i figli sono solo un ripiego. Sono un facile tassello da utilizzare per riempire in qualche modo il vuoto nel cuore che nessun uomo è mai riuscito a colmare."

Ogni volta che ripensava a quella telefonata, borbottava: «Non c'è niente da fare. I genitori sono...».

Kurebayashi la rimproverava sorridendo.

«Com'è, come non è, dobbiamo cercarla», disse.

Nozomi si sentì sollevata. Proprio le parole di Kurebayashi l'avevano spinta a cercare la madre di Kodama. Sua madre era importante per lui, comunque si comportasse.

***

«Come va, hai trovato il tuo gatto smarrito?»

Hiroki glielo chiedeva spesso, ultimamente. Nozomi aveva affisso volantini:

Cercasi gatto randagio.
Femmina, di quattro anni.
Ha partorito da poco. Ama il cioccolato.
Kodama, il suo cucciolo, piange.
Se la trovate, contattate la Boulangerie Kurebayashi.

Il gatto era un'esca per la madre di Kodama: il messaggio era rivolto a lei. Nozomi sperava che vedendolo, chiamasse o tornasse. Naturalmente, era un'idea molto ottimistica.

«No, ho ricevuto solo una segnalazione. In un messaggio

in segreteria mi hanno detto di aver trovato una gatta calicò a Karasuyama, che forse ha partorito da poco.»

Hiroki rise e sbuffò: «Il mondo è pieno di gatti smarriti».

Per ironia della sorte, l'unica segnalazione ricevuta era di un gatto vero. La madre di Kodama non si era fatta viva.

«Pazienza. Finché non torna, Kodama miagolerà. Non c'è altro che possiamo fare.»

Nozomi guardò la cucina attraverso la finestra di vetro. Kodama e Kurebayashi impastavano il pane. I due erano in piedi, fianco a fianco, avvolti negli asciugamani. Si stavano esercitando a preparare l'impasto.

«Kodama sembra divertirsi anche senza sua madre.»

A quelle parole di Nozomi, Hiroki si girò verso di loro.

«Sembrano padre e figlio», disse.

In cucina, Kurebayashi puliva la farina dalle guance di Kodama. Kodama rideva e gli toglieva la farina dal naso. Sembravano davvero padre e figlio.

«Avrebbe potuto averlo a poco più di vent'anni.»

All'improvviso, Hiroki batté le mani come se si fosse appena ricordato di qualcosa.

«Giusto! Ha più o meno la stessa età di Kodama...»

Nozomi era sorpresa. "Cosa significa? Di cosa stai parlando?" Tuttavia, prima che potesse aprire bocca, la porta del negozio si aprì e un'aura nera entrò.

«Ah!» gridò Nozomi.

L'uomo dall'aura cupa disse imperturbabile: «Mi dispiace».

Madarame, il guardone che non lasciava mai il proprio appartamento, era lì con aria compiaciuta.

Mentre Nozomi lo fissava sbalordita, Hiroki si mise davanti a lei e lo accolse: «Benvenuto! Mi dispiace, ma non siamo ancora aperti per gli acquisti».

Madarame lo guardò male, poi gli porse una busta marrone.

«Sono venuto per il gatto smarrito, non per comprare.» Tirò fuori un documento dalla busta marrone e cercò di porgerlo a Hiroki: «Ho visto il volantino che diceva che stavate cercando una mamma gatta. Ho compilato per iscritto una lista di gatti trovati in zona. Può esservi utile».

Hiroki prese il documento con un'espressione un po' sospettosa. C'erano foto di gatti, informazioni sulle aree protette e sul loro stato.

Hiroki rivolse a Madarame un sorriso e si inchinò.

«Grazie. Deve essere stato difficile.»

«No, ho cercato su internet.»

«È un documento importante, con una grande quantità di informazioni...»

Nozomi li ascoltava in silenzio, con gli occhi ben aperti. Voleva essere invisibile, non dare nell'occhio, non lasciarsi coinvolgere dall'apparizione improvvisa del maniaco e non provocarlo.

Fino a che Kodama non gridò: «Il signore con i telescopi!».

In un modo totalmente candido, tutti gli sforzi fatti da Nozomi si sgretolarono in un secondo.

Hiroki era confuso. Nozomi si voltò, cercando di non dare nell'occhio, come a dire: "Non ne so niente...".

Tuttavia, Madarame agitò la mano verso Kodama replicando in tono scherzoso: «Ciao, sono il tizio dei telescopi», e poi a Nozomi: «O forse dovrei dire: il guardone...?».

Da quando avevano visto il suo monolocale, Madarame era preoccupato. Come nascondere il suo segreto? Nozomi avrebbe parlato? Kodama?

«Ho capito che dovevo essere sincero: è l'unico modo per liberarsi da questo problema», disse Madarame. «Sono un guardone. E non me ne vergogno.»

"Male! Invece dovresti", pensò Nozomi. Ovviamente non poteva dirlo di fronte a lui.

Madarame schivò con semplicità il biasimo silenzioso di Nozomi e continuò: «Guardo una donna. Abita sulla strada principale. Ma ha sempre le tende chiuse, quindi non riesco a vederla. La seguo quando esce, tutti i giorni. Mi mette a disagio vederla solo di sfuggita. Conosco i supermercati e i minimarket che frequenta ogni giorno. So anche quali caffè le piace frequentare».

Madarame si confessava senza riserve.

Nozomi gli chiese, sottoponendogli il dubbio che le ronzava in testa: «Ma non è vero che osservi solo una donna: i telescopi puntavano ovunque...».

Madarame sorrise: «Lei è l'unica che mi interessa, ma sono uno sceneggiatore, osservo le persone e racconto le loro storie. Le guardo e immagino le loro vite. I drammi sono relazioni umane. Ma io... non voglio uscire. Cosa fareste voi, con un telescopio in casa?».

Nozomi guardò Kurebayashi e Hiroki.

Che ragionamento era? Ascoltavano Madarame senza cambiare espressione. Per non provocarlo?

«Non guardo con pensieri impuri. Evito di guardare le donne che si cambiano, e smetto se inizia qualcosa di spiacevole o intimo. Sono un guardone, ma non un maniaco. Osservo la vita. Come leggere di nascosto il blog di uno sconosciuto o una pagina Instagram. Non c'è da vergognarsi.»

Hiroki lo interruppe: «Capisco...».

Nozomi lo guardò. "Cosa capisci, Hiroki?"

Ma lui chiese a Madarame: «Perché continui a guardare quella donna? Sei innamorato?».

Madarame rispose mitigando i toni: «Sì, è quello che intendevo».

«E ti accontenti di guardare?»

«Non posso fare altro. Ho un ordine restrittivo.»

«Ah...!»

«Una volta mi hanno beccato mentre la pedinavo. Non sono stato condannato, ma devo starle lontano di almeno duecento metri. Se mi beccano di nuovo, sarò perseguito. E non potrò più vederla, nemmeno a distanza. Il che vorrei evitarlo a ogni costo...»

Madarame spiegò brevemente la natura dello stalking.

Dieci anni prima, quando Madarame era uno sceneggiatore in erba, aveva incontrato una fan, una studentessa universitaria, aspirante *idol*, una specie di influencer. Se ne era innamorato a prima vista. Essendo una fan, era stato facile avvicinarla. Si erano scambiati le email ed erano usciti a mangiare insieme. Nel frattempo, lui la seguiva ovunque. Sapeva tutto di lei: dove viveva, dove andava a scuola, i suoi orari e i suoi amici. Tutto questo, ovviamente, per amore. Quando lei era andata a San Francisco per un mese, per studiare la lingua inglese, lui l'aveva seguita negli Stati Uniti. Poi, lungo la costa sotto il cielo azzurro, facendo finta che fosse una semplice casualità, l'aveva chiamata.

«Ehi, che coincidenza incontrarci qui!»

La ragazza a quel punto aveva strillato, capendo che lui la stava pedinando. Poi era arrivato l'ordine restrittivo.

Nozomi era indignata da quella storia terribile e non riuscì a trattenersi per la rabbia.

«Non sei un maniaco, ma poco ci manca! Ciononostante, continui a stalkerarla? Perché?»

Madarame sorrise di nuovo: «Ottima domanda».

Nozomi si aspettava una reazione del genere, era proprio un tipo che non sapeva stare al mondo!

«Voglio vederla felice.»

Nozomi scosse la testa. «Ma che significa?»

«È una persona meravigliosa, ma ha un pessimo gusto in fatto di uomini. Sceglie sempre uomini di bassa lega e sbandati. Per questo la tengo d'occhio. Se incontra un tipaccio, la aiuto.»

Madarame lo disse in una maniera estremamente ragionevole e sensata. Sembrava sincero; ciononostante, Nozomi era allibita.

"Il tipaccio sei tu!" pensò.

Ma Hiroki si mise davanti a Madarame e gli prese la mano. Nozomi pensò che fosse innervosito per quella sfilza di scuse egoistiche, che volesse sferrargli un pugno.

«Madarame», disse Hiroki, «capisco come ti senti.» Gli strinse la mano con forza. «Quando ti innamori, insegui quella persona fino in capo al mondo. Vuoi conoscerla. Hai paura di lasciarla sola. Se va all'estero, attraversi il confine. Se non puoi avvicinarti, la guardi con un telescopio. Capisco davvero come ti senti.»

Nozomi era sbalordita per quello sviluppo totalmente inaspettato. Kurebayashi prese improvvisamente la parola: «Hiroki, lo sai bene tu che hai seguito una donna all'estero, vero?».

Nozomi si lasciò sfuggire un'esclamazione.

Hiroki disse: «Già. L'ho seguita fino in Francia, Italia e Germania. Grazie a lei ho imparato la panificazione e sono l'uomo che sono oggi».

Così, quando la natura da stalker di Hiroki venne inaspettatamente fuori, la discussione su Madarame finì lì. In altre parole, erano giunti alla conclusione che non dava fastidio a nessuno, e che se voleva sbirciare poteva farlo, bastava che si tenesse alla giusta distanza da lei.

«Devi essere fuori di testa per difendere un uomo come quello, Hiroki», disse Nozomi dopo aver accompagnato Madarame fuori dal negozio.

Hiroki sorrise: «Lo fa per amore. Anche se sbaglia».

Nozomi era sorpresa della fermezza di Hiroki, che insistette: «Ti innamori follemente di qualcuno che diventa più importante di te. Se non sei stupido, ti succede».

Kurebayashi annuì: «Sì, forse è come dici tu, non saprei». Non sembrava convinto. Non simpatizzava per Madarame come Hiroki.

«È un guardone, per sua stessa ammissione, ma non un mostro. Ci ha portato la lista dei gatti smarriti. Ehi, non guardatemi così...»

Nozomi non si lasciò convincere da quelle rassicurazioni. Hiroki non aveva visto i telescopi allineati alle finestre. Erano spaventosi in quella stanza ordinata. Madarame che sorrideva e spiava attraverso il telescopio era inquietante, per usare un eufemismo.

Anche la lista dei gatti era un segnale: voleva ingraziarseli, non voleva essere denunciato. La sua gentilezza era opportunistica e sospetta.

E i sospetti di Nozomi erano fondati. La volta dopo, Madarame le disse: «Devo dirti una cosa», poi accettò con un sorriso sornione il pane offerto da Nozomi.

«Ti stanno seguendo. Un uomo d'affari del secondo piano del nostro condominio. Ogni volta che vieni a fare una consegna, esce di corsa dal suo appartamento e ti segue. Alla fine non riesce a stare al passo con la tua bicicletta e torna indietro. Ha un taser, stai attenta. È un tipo strano.»

Nozomi capì che la sensazione che aveva ogni volta che usciva dall'appartamento di Madarame, cioè che qualcuno la stesse seguendo, non era una fantasia. E lui la spiava.

Apprezzava l'avvertimento, ma era pur sempre un guardone.

«Immagino che sia stato provocato dal fatto che ti aggiri di notte in uniforme. Anche se naturalmente, il modo in cui una donna si veste non è certo un motivo per aggredirla.»

Per essere un guardone, diceva cose sensate.

«Nel frattempo, ho chiamato Hiroki. Verrà a prenderti e fermerà quel maniaco. Così potrai continuare tranquillamente a fare le consegne.»

Come previsto, Hiroki bloccò l'uomo che seguiva Nozomi. Tuttavia, il ghigno di Madarame la lasciò turbata. Soprattutto per quello che disse dopo: «Mi devi un favore, Nozomi-chan!».

Un favore a un maniaco era difficile da gestire.

Madarame, dopo aver fatto amicizia con Hiroki, iniziò a frequentare assiduamente la Boulangerie.

Il motivo delle sue visite era semplice: «Due consegne a settimana non bastano», spiegò rovistando tra gli scaffali della panetteria. «Ho mangiato pane in tanti posti, ma questo è eccezionale. Dovreste vendere online, piuttosto che limitarvi alle consegne a domicilio. È un peccato non ampliare la zona.»

Hiroki era colpito: Madarame sapeva riconoscere la qualità.

Di solito Hiroki se ne stava sempre in cucina, ma quando arrivava Madarame interrompeva il lavoro e lo serviva con piacere.

«Il pane è un alimento semplice, ma profondo. Per prima cosa si mescola il grano con sale, acqua e lievito fresco.»

«Fermentazione... Come il vino e il formaggio?»

«Esatto, Madarame. La fermentazione è fondamentale. Sprigiona l'aroma, la dolcezza, e il sapore si arricchisce. Come il vino e il formaggio. La fermentazione dà al pane una varietà infinita di sapori. L'impasto diventa voluminoso e leggero. Sembra riposare immobile, ma cambia continuamente.»

«Una storia molto interessante!»

«Vero? Il gusto varia a seconda del tempo di fermentazione e della temperatura. Ma la durata non conta. L'importante è sapere cosa si sta facendo. È molto divertente. A volte è una seccatura, ma fondamentalmente è divertente.»

«Capisco. Anch'io mi sento così quando scrivo una sceneggiatura.»

Sembravano intendersi alla perfezione sotto diversi aspetti.

Madarame, però, non si sedeva mai a mangiare.

«Alle due del mattino spengo le luci. Devo farlo, altrimenti non mi sembra di aver finito la giornata...»

In altre parole, voleva tornare a spiare con il telescopio.

«È così puro, Madarame...» disse Hiroki, vedendolo correre a casa con il sacchetto di pane. «Mi piace!»

Anche Kurebayashi era colpito da quel tipo. Ma Nozomi era riluttante: «È ridicolo. È un pervertito».

Hiroki le disse di farsi gli affari suoi: era una liceale che non aveva mai avuto una relazione.

Nozomi rispose che erano due stalker disgustosi, che potevano giusto andare d'accordo l'uno con l'altro.

Hiroki non si tirò indietro. «Zitta, cosa c'è di male a essere stalker?»
"Fai schifo!" pensò Nozomi.
La discussione era scaduta in una rissa, e litigavano come bambini dell'asilo.
Nozomi cominciò a riflettere: non le interessava capire Madarame. Era un maniaco. Ma soprattutto non voleva capire i suoi sentimenti. Il suo amore la infastidiva.
Hiroki vedeva l'amore come qualcosa da afferrare. Forse anche Kurebayashi. Ma lei era diversa. Sua madre l'aveva abbandonata per amore. Quello era il suo parametro di riferimento: l'amore che abbandona.
Nozomi aveva sempre pensato di non volersi innamorare. Chi vorrebbe un amore folle come quello di sua madre? Ecco perché Madarame la infastidiva. Le sue argomentazioni per lei erano senza senso, sembrava come se fosse orgoglioso di sé stesso per essere innamorato.
Eppure, Nozomi finì suo malgrado coinvolta nella storia di Madarame.

All'alba, dopo il lavoro, Madarame chiamò la panetteria: «C'è Hiroki o il proprietario? O Nozomi? Ho bisogno di aiuto! La mia ragazza è in pericolo!».
Nozomi si recò al condominio con la sua bicicletta per le consegne, come le era stato detto al telefono.
Madarame era davanti all'ingresso. Nozomi lo vedeva per la prima volta alla luce del sole. Ma anche al mattino sembrava un tipo sospetto, sotto molti punti di vista. Nell'oscurità non si notava, ma aveva un'aura nera.
Quando Madarame vide Nozomi in bicicletta davanti al condominio, corse verso di lei, quasi in lacrime.
«La sua stanza è al settimo piano di questo edificio, Nozomi-chan!»
Secondo Madarame, la donna non usciva da una settimana. Era preoccupato che stesse male. Tuttavia, le luci nel

suo appartamento si spegnevano ogni giorno alla stessa ora, quindi poteva andare anche tutto bene. Quella mattina, però, la luce era ancora accesa nonostante si vedesse benissimo.

«Ho controllato con un telescopio più potente. È giorno, ma le luci sono accese», disse Madarame.

Nozomi si spazientì. C'era gente per strada che stava andando al lavoro. Sarebbe stato preferibile non parlare di telescopi.

«Okay... quindi cosa dovrei fare?»

Madarame le chiese di andare a controllare.

«Forse è andata in overdose. È già successo.»

«Overdose?»

«Di farmaci...»

Nozomi era perplessa. «Come faccio a entrare?»

«Di' al custode che è tua sorella.»

«Ma come faccio? Non so nulla di questa persona, mi scoprirebbe!»

Nozomi scosse la testa, Madarame rifletté un momento, poi batté le mani e disse: «Diciamo che noi due siamo il fratello e la sorella. Così convinceremo il custode più facilmente».

«Sì, ma...»

«Non preoccuparti, la conosco bene. Forse a vederci non si direbbe, ma sono sicuro di riuscire senza problemi a convincerlo di essere uno di famiglia.» Madarame sorrise: «Sono un guardone. So tutto di lei».

Incerta se sentirsi incoraggiata o sconvolta, Nozomi seguì le istruzioni di Madarame e si diresse verso la portineria. Il custode era un uomo di buon carattere che, forse impressionato dalle doti recitative di Nozomi o dal tono perentorio di Madarame, li accompagnò alla stanza senza opporsi.

Nozomi fissava le spalle del custode che suonava il campanello.

«Uh, avete ragione, non risponde.»

Il custode tirò fuori il passepartout.

Nozomi si voltò verso Madarame.

Se la donna fosse stata in casa, avrebbe visto Madarame. E lui sarebbe stato nei guai. L'aveva anche detto: se lei lo avesse visto di nuovo, l'avrebbe denunciato.

«Madarame...» Nozomi esitò per un attimo. Si chiese se fosse davvero la cosa giusta da fare.

Madarame le lesse nel pensiero: «Va tutto bene. L'unica cosa che conta è che lei sia al sicuro».

Il custode aprì la porta, dopo aver gridato più volte che stava aprendo.

«Forza, andiamo!» disse Madarame sorridendo.

Come temeva, la donna era a terra, collassata sul pavimento dopo aver ingerito una grande quantità di medicine. All'ospedale, dove era stata trasportata d'urgenza, le fecero una lavanda gastrica. Si salvò, ma il medico disse che era stata questione di minuti. Madarame tirò un sospiro di sollievo, prese la mano di Nozomi e scapparono entrambi.

«Se scoprono chi sono, sono nei guai.»

Non correva da tempo. Arrivati al parco, Madarame era senza fiato: «Lo stalker deve andarsene».

Nozomi gli domandò se stesse bene. Madarame rispose che finché rideva, sì. Aveva la fronte sudata e la polo macchiata sulla schiena e sulle ascelle. Nozomi gli porse un fazzoletto.

«Asciugati. Puoi tenerlo.»

Madarame sbuffò: «Non vuoi il fazzoletto sporco del mio sudore?».

Strappò il fazzoletto dalle mani di Nozomi e si asciugò. Poi, con lo stesso slancio, aprì il colletto della polo per asciugarsi le ascelle.

«No, non è questo», disse Nozomi. Non voleva dirlo, ma le parole uscirono da sole.

«Oggi ti sei comportato bene. Il fazzoletto è un ricordo. Con questo, te lo ricorderai ogni volta che lo vedrai. A volte puoi essere anche tu un bravo ragazzo.»

«Davvero?» sussurrò Madarame, smettendo all'improvviso di asciugarsi le ascelle.

Nozomi gli disse che non era l'inizio di una storia d'amore.

Madarame scoppiò in una risata. «Direi proprio di no.»

Nozomi rise con lui.

Improvvisamente si rese conto che era mattina tardi. Avrebbe già dovuto essere a scuola da un pezzo.

Maledizione! Aveva sempre avuto un record impeccabile di presenze e puntualità. E lo aveva rovinato per colpa di quel guardone, non riusciva a crederci!

Nel parco, alcuni bambini giocavano con le madri.

Ora era lì, con quell'uomo, a ridere così forte che la gente avrebbe preso anche lei per una maniaca. Nonostante quelle ansie, Nozomi continuò a ridere.

Ne valeva la pena: non capita tutti i giorni di vedere un guardone maniaco comportarsi bene.

***

Un mondo in quarantadue metri quadrati era sufficiente. Madarame ne era convinto.

"Le persone cercano di espandere inutilmente il loro mondo. Vogliono troppo per gli altri e per sé stessi, riempiono il loro cuore di speranza. E poi, in quel mondo enorme, espanso a dismisura, perdono il loro posto e rimangono spaesate."

Hiroki lo aveva detto: la fermentazione è necessaria, ma non deve durare troppo. È importante discernere.

"Di quanti metri quadrati ho bisogno?"

Madarame non ordinava più il pane a domicilio.

«Non mi dispiace farmi consegnare il pane da Nozomi, ma preferisco venire in panetteria, parlare con il personale e scegliere direttamente il mio pane.»

«Non ci sono problemi.»

Madarame era soddisfatto di quella decisione.

Era bello sedersi ai tavoli della Boulangerie Kurebayashi e mangiare il pane sorseggiando il caffè. Inoltre, attraverso la vetrata di fronte a lui, poteva osservare Hiroki mentre lavorava l'impasto.

"È un'arte", pensava Madarame. "Una specie di preghiera. L'equilibrio armonico della giusta misura. Senza eccessi né carenze."

«Creare un essere umano è come fare il pane», disse una volta Madarame a Hiroki.

Lui, sorridendo, chiosò: «Sì, ma il pane è meglio. È perfetto. C'è una stabilità perfetta nel processo di realizzazione. Da questo punto di vista, la gente è stupida. Molto più del pane».

"Vero", pensò Madarame. "Ecco perché cerchiamo di espandere il nostro mondo: desideriamo una vita migliore, ci sbilanciamo troppo e finiamo per perdere l'equilibrio. È stupido, ma desideriamo l'irraggiungibile."

«Suppongo sia questa la parte interessante», disse Hiroki, e Kurebayashi annuì sorridendo.

Kurebayashi, di fronte a un simile scambio, si convinse che fosse così. Lui e Hiroki avevano accettato in una certa misura la loro stupidità. Erano stati rivali in amore e ora lavoravano insieme.

Madarame, che a lungo aveva osservato il mondo dal suo telescopio, lo sapeva. Un tempo, la panetteria era stata una casa. Ci viveva da sola una donna bellissima. Hiroki andava spesso a trovarla. Era bello anche lui. A volte i due passeggiavano insieme. Madarame pensava fossero amanti: l'aria che si respirava tra loro era intima.

Ora non lo pensava più. Quella donna era la moglie di Kurebayashi. Hiroki era innamorato di lei.

Il tempo alla Boulangerie Kurebayashi scorreva tranquillo. Tuttavia, poteva esserci una certa tensione sottesa. Madarame lo pensava bevendo il caffè.

"Dopotutto, le persone sono interessanti. Si connettono

inspiegabilmente, producono reazioni inaspettate, ridono e piangono, si amano e si uccidono a vicenda. Davvero interessante." Per quante volte assistesse a quello spettacolo, non si stancava mai.

Nozomi era all'oscuro di quella storia.

Era preoccupata per la ricerca di un gatto smarrito. In realtà, il gatto che cercavano era la madre di Kodama. Una faccenda complicata. Ma quando gli mostrarono la foto della madre del ragazzo, Madarame capì subito di chi si trattava.

«La conosco. Lavorava come infermiera in una piccola clinica davanti alla stazione.»

Nozomi disse: «Davvero? Non abbiamo idea di dove sia finita!».

Madarame inclinò la testa: «Strano...».

Nozomi disse che forse era scappata con un uomo, ma la madre del ragazzino non aveva mai avuto uomini accanto a sé.

«Non aveva un uomo. Sono sicuro. Se n'è andata via da sola», affermò senza dubbi Madarame.

A quelle parole Nozomi, sospettosa, si accigliò.

4.
FAÇONNAGE & APPRÊT

Rossetto, gonna e profumo Chanel sono i tre capisaldi di Sophia. Con essi, lancia ogni giorno un incantesimo su sé stessa.

"*Bibidi-bobidi-bu.* Sono una donna bellissima. Uhm, forse *bibidi-bobidi-bu* è un po' vecchio stile." Ultimamente le capitava spesso di pensarlo, ma non trovava una formula magica migliore, quindi accettava l'età che avanzava e continuava a dirsi davanti allo specchio: "*Bibidi-bobidi-bu.* Sophia, sei bella, forte e gentile".

Sophia non era, ovviamente, il suo vero nome. I suoi genitori, agricoltori in Hokkaido, non avrebbero mai chiamato il loro unico discendente Sophia. Era un nome che si era scelta lei, come l'attrice Sophia Loren. Voleva emulare quella bellezza oscura, ma sempre radiosa, sperando di illuminare la sua vita in penombra.

E la sua vita era migliore di quanto lei stessa potesse immaginare. La proprietaria del bar di transessuali dove aveva iniziato a lavorare si era presa cura di lei, e le aveva fatto avere molti clienti. A trent'anni, Sophia aveva aperto un locale suo. C'erano molti uomini che le facevano i complimenti per quanto fosse bella. E anche gli affari del negozio andavano alla grande.

Non che fosse tutto rose e fiori. A volte la criticavano, a volte subiva commenti sprezzanti e discriminazioni. Un uomo le era stato portato via da una ragazza nel locale. Quell'amore, che le aveva fatto credere di aver trovato l'anima gemella, era svanito. E soprattutto aveva fatto piangere i suoi genitori.

Ciononostante Sophia non poteva pensare che la sua vita fosse brutta e indegna di essere vissuta. Si era sentita in colpa per troppo tempo.

"Eccomi. Sono sopravvissuta grazie alla magia. Devo perdonarmi e amarmi. Finché la magia funziona."

Si stava lavando il viso a una fontanella del parco, si sistemava i capelli, si guardava nello specchietto. Si passò il rossetto rosa perla sulle labbra e si spruzzò il suo Chanel n. 5. Poi lanciò il suo incantesimo sorridendo. Una rapida sistemata alle pieghe della gonna, e l'invincibile Sophia era pronta.

"Grazie al cielo, anche oggi la magia ha funzionato."

Fece una giravolta, e si incamminò con grazia.

"Va tutto bene, la magia funziona."

Nella strada, in quel quartiere di uffici, molti uomini e donne d'affari andavano al lavoro. Sophia camminava decisa tra loro. Naturalmente, molte delle persone che incrociava le lanciano sguardi incuriositi, ma lei li ricambiava con un sorriso.

«Wow, che donnone!»

«Idiota, non vedi che è un trans!»

Detestava quei commenti di uomini d'affari in attesa al semaforo.

«Oh, che bei ragazzi!»

Dopo la laurea in un'università privata di Tokyo, Sophia aveva lavorato in diversi club per travestiti a Marunouchi. Erano ormai trascorsi quindici anni da quando aveva iniziato questo tipo di vita. Se fosse stata in azienda, sarebbe stata a capo di un reparto. Un bambino avrebbe finito le scuole dell'obbligo. Quindici anni sono tanti. Aveva imparato a conoscere i suoi limiti, e anche i limiti delle donne. Aveva rinunciato al futuro. Si era abituata al sarcasmo, alle battute e alle chiacchiere sussurrate alle spalle. Ecco perché riusciva a ridere anche delle parole più spietate.

«Se volete un servizietto, passate nel mio locale...» Sophia tornò improvvisamente in sé e non riuscì a terminare la frase.

I due impiegati scapparono. Il semaforo era diventato verde. Sophia fece un profondo sospiro mentre osservava i due uomini di spalle.

"Cosa sto dicendo? Non ho più un locale."

Era successo due mesi prima. La sua attività navigava in pessime acque. Il locale era in crisi, non solo il suo, a dire il vero. La recessione si faceva sentire: uno dopo l'altro i ristoranti e i cabaret dei dintorni stavano scomparendo. Ma lei e le altre ragazze, tutte transessuali, volevano resistere, restare unite e risolvere in qualche modo la situazione. Poi una di loro era scappata con i soldi, e il locale era stato costretto a chiudere.

Sophia aveva usato i pochi risparmi che le erano rimasti per pagare gli stipendi e le indennità delle ragazze. I vecchi colleghi l'avevano rimproverata e le avevano chiesto perché avesse pagato loro la liquidazione.

"Voglio fare bella figura con tutti", pensò Sophia. "Sono fatta così."

Aveva esaurito il suo patrimonio personale per pagare le liquidazioni. Era diventata una senzatetto a Marunouchi.

«Vabbè...»

Sophia parlò tra sé e sé e riprese a camminare. In realtà, non le dispiaceva la sua vita. La sua casa era di cartone, compatta e carina, sotto la grondaia di un edificio di uffici vuoti. Ma dentro, era sorprendentemente spaziosa. Ci dormiva e ci teneva un gatto.

«Wow, Sophiaaa!» Il gatto Mike la salutò con voce spensierata. «Buongiorno!»

«Buongiorno, Mike. Ti sei appena svegliata?»

«Sì, ho di nuovo dormito troppo.»

Mike era un gatto parlante.

La gente non lo avrebbe considerato un felino, ma una donna adulta, tuttavia le aveva detto di sentirsi un gatto e le aveva chiesto di tenerla un po' di tempo lì con lei. Sophia aveva acconsentito. Senza una casa, non doveva rivelare la propria identità. Da senzatetto, poteva essere chi voleva, anche far finta che fosse un gatto.

Per lo stesso motivo il vero nome di Sophia, Daichi Takeyama, un nome piuttosto arrogante, non aveva alcun senso lì.

«Oggi c'è la mensa per i poveri, Sophia-san», miagolò Mike stiracchiandosi pacificamente.

Sophia rise, adorava quel genere di cose.

«Perfetto. Allora usciamo.»

Avere un gatto era il sogno della sua vita.

E quella vita, in fondo, non era poi tanto male.

***

«Questa è la Boulangerie Kurebayashi. Offriamo uno sconto del dieci per cento a chi presenta il volantino!»

Nozomi distribuiva volantini davanti alla stazione, a tarda sera. Un lavoro che non le piaceva, ma Hiroki glielo aveva ordinato.

Il motivo era il lievito sparito qualche ora prima.

Il lievito fresco, che avrebbe dovuto essere conservato nel frigorifero della cucina, era svanito. Quando Hiroki se n'era accorto, quasi si era messo a piangere dalla disperazione.

«Ehi, fermi tutti, dov'è il mio lievito? Dov'è finito?»

Il colpevole era Kodama. Con sorpresa di tutti loro, se l'era mangiato, fresco così com'era.

«Non era buono, ma ho pensato che se avessi mangiato il lievito, sarei cresciuto come il pane... Nozomi-chan ha detto che il pane cresce perché mangia il lievito...»

A quel punto, Hiroki si infuriò con Nozomi. Mentre lei studiava in camera sua, le urlò contro: «È colpa tua! Ho perso il lievito per le stupidaggini che dici!».

Per un attimo Nozomi rimase sorpresa, ma poi capì la situazione. Obiettò: il pane cresce davvero grazie al lievito!

Hiroki, forte della sua esperienza professionale, ribatté: «Hai detto cose sbagliate e Kodama ha frainteso. Il pane lievita perché il *Saccharomyces cerevisiae*, volgarmente detto lievito, assorbe lo zucchero e produce anidride carbonica. E questo avviene nella fermentazione primaria...».

Nozomi capì che doveva fermarlo. Se lo avesse lasciato parlare, le avrebbe raccontato ogni dettaglio del processo di panificazione. Perciò si scusò subito.

«Sì, sì, mi dispiace. Ho spiegato male e Kodama non ha capito.»

Pensava di cavarsela così, ma si sbagliava. Fu un'ingenuità, la sua.

Hiroki smise di parlare di fermentazione, ma per punizione le ordinò di distribuire i volantini.

«Le scuse implicano l'assunzione di responsabilità. Ammessa la colpa, devi fare qualcosa per rimediare.»

Anche Kodama fu punito. Quando Nozomi scese in cucina, lo vide indaffarato a pulire il negozio. Non poteva certo rifiutarsi di espiare la propria colpa, vedendo Kodama che stava scontando la sua pena. Così, a malincuore, prese i volantini e andò alla stazione.

Era l'inizio di giugno, l'aria in città era umida d'estate. Nella notte afosa, le persone sembravano nuotare come languidi pesci tropicali. Nozomi osservava i passanti e offriva loro freneticamente volantini: «Pane delizioso. Sconto del dieci per cento. Provi lei stesso...».

Distribuire volantini era più duro di quanto si aspettasse. Non fisicamente, ma emotivamente. La gente era fredda nei confronti dei distributori di volantini. La ignoravano, la rimproveravano, qualcuno le sputò addosso urlandole di stare zitta. Alcuni addirittura le gridarono contro, dicendo di mangiare riso come i veri giapponesi!

Nozomi era abituata all'aggressività. Era stata esposta a molte di queste cose durante gli anni della scuola e dell'asilo. Ma qui il problema era un po' diverso: perché doveva necessariamente sorridere. Il che richiedeva un grande sforzo emotivo.

Sorrideva e offriva volantini, pensando che era così che funzionava il lavoro.

«Se porta il volantino, le facciamo uno sconto del dieci, anzi no, del venti per cento!»

Nozomi aumentò lo sconto, senza risultato.

«Che strano...»

Non osava arrivare al trenta o al quaranta per cento. Hiroki l'avrebbe rimproverata aspramente. Tutto quello che poteva fare era stringere i denti.

«Pane delizioso!»

La sua voce perse energia e vitalità. Iniziò a distribuire i volantini a caso.

«Venite, se volete!»

Fu in quel momento che due piedi enormi si fermarono davanti a lei.

Piedi grandi, con meravigliosi tacchi alti. Sembravano piedi da donna. Incuriosita, Nozomi alzò gli occhi e vide una donna molto grande in piedi davanti a lei. Nonostante la sua stazza, era bellissima. Stava fissando Nozomi dall'alto verso il basso. Superava Nozomi di almeno venti centimetri, forse per via dei tacchi.

«Ecco...» mentre la scrutava in volto, chiedendosi cosa stesse succedendo, si accorse che i suoi occhi erano fissi sul volantino. Nozomi disse: «Se porta questo in negozio, ha il dieci per cento di sconto su tutti i nostri prodotti».

La donna prese il volantino e lesse: «Boulangerie... Kurebayashi». Sorrise smagliante e disse con voce roca: «Allora, vado!».

"Forse è un uomo?" pensò Nozomi.

«Il dieci per cento di sconto, giusto?»

La voce, bassa e roca, era chiaramente maschile.

Quando arrivò alla Boulangerie, si sedette e ordinò un cappuccino.

«Vuole qualcosa da mangiare, signorina?» le domandò Kurebayashi.

«Chiamami pure Sophia», gli rispose lei, suadente.

Nozomi osservò il loro scambio attraverso la vetrata dalla cucina. Anche Hiroki, che stava lavorando, e Kodama, che stava giocando con l'impasto, si fermarono a guardare la scena. Sophia lanciava occhiate strane a Kurebayashi da quando era entrata nel negozio.

«Allora cosa desideri, Sophia?»

Sophia sorrise e ordinò un croissant. Per qualche motivo, quel sorriso fece sentire Nozomi minacciata. Così si offrì come cameriera. Prese il vassoio e portò il cappuccino e il croissant al tavolo.

Quando Sophia la vide arrivare, con un'aria apertamente delusa, sussurrò: «Chi era il signore di prima? Volevo essere servita da lui».

Nozomi ribatté stizzita: «Non accettiamo richieste di questo tipo».

«Oh, che negozio meschino.»

«Cosa intendi?»

«Perché non mi presti per un po' di quel signore? Mica casca il mondo!»

Sophia sembrò delusa, ma non appena addentò il croissant si illuminò. «Mmm... delizioso!» emise un gridolino di gioia.

Mangiò il croissant in fretta, facendo scrocchiare la sfoglia.

«Buonissimo! Non immaginavo potesse essere tanto buono!»

Nozomi si tappò le orecchie tentando di ignorare i gridolini di Sophia, ma gli altri sembravano contenti.

Hiroki annuì soddisfatto, Kurebayashi sorrise.

Kodama, divertito, si avvicinò di soppiatto a Sophia e disse: «Anche i croissant al cioccolato sono deliziosi».

Sophia gli sorrise dolcemente.

«Oh, se me lo dici tu, bel bambino, ne ordino uno...»
Hiroki uscì dalla cucina e intervenne: «I croissant al cioccolato sono appena stati sfornati».
Sophia, che lo stava ammirando uscire dal retro del negozio, si stupì. "Un altro bell'uomo!"
Kurebayashi intervenne: «Il cioccolato è prodotto in Belgio, con tanto cacao. Provalo».
Naturalmente Sophia ordinò anche un croissant al cioccolato. Poi uno all'arancia e due baguette.
«Non immaginavo ci fosse una pasticceria così buona in un posto come questo!» esclamò Sophia emozionata, mentre finiva un prodotto dopo l'altro. «Sono quindici anni che non vengo più in questa zona. Se ci fosse stata prima, quando venivo qui all'università, sarei passata da voi ogni giorno.»
Sophia aveva abitato in zona, in un appartamento in affitto, durante gli studi.
«L'università era vicina alla ferrovia. Ho vissuto qui quattro anni. Ma in quindici anni è cambiato tutto. Non conosco questi negozi davanti alla stazione. Sono venuta da queste parti perché volevo ricordare i vecchi tempi, ma mi è sembrato di essere piombata in un posto a me sconosciuto: è tutto diverso.»
Non essendoci altri clienti, Sophia continuò a lungo la sua conversazione con Kurebayashi. Anche lui non disdegnava la sua compagnia e la ascoltava con attenzione.

Nella via dello shopping aprono e chiudono negozi. È la legge della giungla. Ma questo negozio va bene...
Il pane è delizioso...
Capisco, grazie mille...
E il personale è tutto bello...
Oh, anche io sono annoverato tra i bei ragazzi?
Certo che sì!
È carino anche quello laggiù, ma tu sei decisamente il mio tipo.

Nozomi intanto sistemava il pane sullo scaffale. Sophia e Kurebayashi chiacchieravano allegramente accanto a lei, Nozomi abbassò il volto imbronciato.

Kurebayashi non fece minimamente caso allo stato di Nozomi e continuò felicemente a parlare con Sophia.

A proposito, tuo fratello è single? Ah... non è tuo fratello...
Ah ah, la sua fidanzata è il pane. Ah ah!
Credo allora che mi trasformerò in una pagnotta.

Nozomi non si divertiva molto. Kurebayashi era sempre stato un uomo con il sorriso sulle labbra, ma a vederlo ridere a quel modo sembrava un donnaiolo. E non era l'unico a essere affascinato da Sophia. Senza nemmeno rendersene conto, Kodama era seduto sulle sue ginocchia e sbocconcellava il pane che lei gli aveva dato. Non c'era nulla di divertente. Kodama era un bambino e si affezionava facilmente, ma non doveva sedersi in braccio al primo sconosciuto capitato lì per caso, di cui per di più non si sapeva nemmeno se fosse uomo o donna.

Non era neanche divertita dal fatto che Hiroki l'avesse fatto notare.

«Sophia sembra piacere molto al piccolo Kodama!»

Nozomi rispose fredda: «A Kodama piace tutto ciò che è grande».

Aveva cercato di essere sarcastica, ma Sophia rispose: «Capisco, per questo gli piaci anche tu, con il tuo atteggiamento da grande».

Nozomi si irritò ancora di più.

Alla fine, Sophia se ne andò poco dopo mezzanotte.

«Mi dispiace lasciarvi, ma Cenerentola deve tornare a casa prima dell'ultimo treno.»

Abbracciò Kurebayashi e Kodama, salutò Hiroki con un bacio e strizzò l'occhio a Nozomi, dicendo che sarebbe tornata presto, poi scomparve nella penombra.

Nozomi agitò la mano per salutarla, ma non voleva che

tornasse. Non si era mai sentita così irritata da quando aveva iniziato ad aiutare in panetteria. Quella persona andava evitata. Non le piaceva: si prendeva troppa confidenza, era sfacciata e più effeminata di una donna. Le ricordava la mamma cuculo.

Tuttavia, nonostante i desideri di Nozomi, Sophia si presentò di nuovo il giorno dopo.

Nozomi ebbe un brutto presentimento. E infatti, Sophia iniziò ad andare in panetteria ogni giorno.

«Sono completamente dipendente dai vostri prodotti!»

Sorrideva a Kurebayashi e lo toccava ogni volta che se ne presentava l'occasione. Prendeva Kodama in braccio, sulle ginocchia, come fosse una cosa naturale. Quando c'erano altri clienti, stava zitta, come se sapesse esattamente cosa doveva fare. Ma se erano clienti abituali, li invitava a sedersi con lei.

Come era facile immaginare, anche Madarame si fece coinvolgere. Lui e Sophia entrarono da subito in perfetta sintonia.

Erano più o meno coetanei, parlavano di film, musica, ricordi della loro gioventù.

«Vale la pena di invecchiare per parlare di queste cose.»

Madarame si dimenava per l'eccitazione, mentre le sue narici si dilatavano. Nozomi li osservava freddamente. Quella donna, che in realtà era un uomo, li teneva sul palmo della mano, o meglio in pugno. Ma non disse niente. Dopotutto, Madarame la stava aiutando a trovare la madre di Kodama. E lui in fondo era un guardone sensibile. Non voleva offenderli.

Finalmente, Madarame le diede informazioni. Aveva indagato, usando la sua rete di guardoni.

"A volte, nella vita, serve un guardone incallito!" pensò Nozomi.

Quel giorno, Madarame arrivò all'apertura e si sedette al solito tavolo del locale, chiedendo a Nozomi di unirsi a lui.

«È una storia lunga.»

Si assicurò che Kodama non ci fosse e iniziò a parlare.

«Non so dove sia andata, ma ho un'idea abbastanza precisa del suo passato.» Madarame sbatté uno spesso plico di documenti sul tavolo. «Il passato modella il futuro. Forse possiamo scoprire qualcosa.»

La madre di Kodama, Orie Mizuno, era nata in una famiglia benestante. Suo padre era un medico in una clinica di Nihonbashi, sua madre un'impiegata della clinica. Sua madre aveva circa trent'anni quando Orie nacque, mentre suo padre ne aveva già più di cinquanta. Il padre si preoccupava molto della sua unica figlia, avuta in tarda età. Voleva che Orie prendesse le sue redini.

Tuttavia, quel periodo di serenità non durò a lungo. Sua madre, infatti, morì in giovane età. Prima ancora che Orie iniziasse la scuola elementare. Forse di malattia, o forse si era suicidata, come alcune voci continuavano a riportare.

Orie fu cresciuta da una governante e tre precettori. Naturalmente era il padre a provvedere alle spese di vita e ai loro stipendi, ma sembrava che la maggior parte dell'educazione di Orie fosse stata impartita da loro, che erano stati assunti a pagamento. Il padre voleva che lei diventasse medico, ma non era una ragazzina particolarmente brava a scuola. Tuttavia, lui investì nella sua istruzione: era convinto che sua figlia ce l'avrebbe fatta. Però le cose non andarono così. In realtà, Orie non era brillante.

Dopo tre anni di medicina, il padre si arrese. Le passava solo le spese di mantenimento e non le parlava più. Ma Orie voleva soddisfarlo, essere all'altezza delle aspettative del padre. Se non poteva essere medico, sarebbe diventata infermiera.

Riuscì a entrare in una scuola a Tokyo. Non era una studentessa brillante, ma era seria e laboriosa e riuscì a diplomarsi.

«Diventò infermiera, per far felice il padre. Almeno così pensava. Ma lui si infuriò: "Fino a che punto devi mettermi in imbarazzo? Mi fai vergognare! Infermiera!".»

Nozomi non capiva: «Perché? Era infermiera... Lui era medico... Qualcosa di simile, no?...».

Madarame sospirò scuotendo la testa: «Ci sono ancora medici così. Per lui, medici e infermieri sono due categorie completamente diverse».

Da quel momento, Orie impazzì.

«Iniziò a lavorare in un ospedale a Tokyo. Stava andando tutto bene, ma rimase incinta del nostro Kodama. Forse il padre era un medico dell'ospedale. Chissà... Solo loro conoscono la verità.»

Orie tenne il bambino senza rivelare di chi fosse.

«Suo padre voleva farla abortire. Ma quando lo scoprì, era troppo tardi. Poi, una settimana prima della nascita di Kodama, ebbe un infarto e morì improvvisamente. Le persone intorno a lei cominciarono a bisbigliare. Si diceva che Orie fosse responsabile, che avesse ucciso il padre per sfinimento. O che fosse morto in quel modo a causa della maledizione della madre: un'altra diceria che circolava.»

Madarame si strinse nelle spalle. Nozomi guardava i documenti in silenzio.

«Te l'ho detto, non è una bella storia.»

«Cosa dobbiamo capire, ora, dal suo passato?»

Madarame alzò le dita: «Due cose. Perché ha voluto un figlio a tutti i costi? Perché l'ha abbandonato nonostante lo avesse desiderato?».

«Ha detto che voleva allontanarsi da Kodama, che era meglio così.»

Madarame sorrise: «Possibile. Ma non dimenticare che le persone spesso mentono. O omettono la verità».

«Eh?»

«Le parole sono menzognere. La verità è nelle azioni. La verità emerge quando si prende una decisione.»

«Decisione?»

«Avere un figlio e poi abbandonarlo. Perché ha preso questa decisione? La risposta è nel passato. Se capiamo l'intenzione dietro quella decisione, capiamo cosa fa ora. Almeno credo.»

Nozomi rifletté, non riuscendo ad afferrare il significato delle parole di Madarame.

Perché Orie aveva scelto di avere Kodama? Perché poi l'aveva abbandonato?

Non capiva. Si arrese immediatamente, non sapendo come districare quella matassa.

"Non sono la madre di Kodama e soprattutto non ho esperienza come madre. Non ho mai sperimentato nulla che avesse a che fare con la maternità, e non ho mai guardato un bambino piccolo pensando che fosse carino. È impossibile per me capire i sentimenti di Orie. Non tutte le donne hanno l'istinto materno", pensò Nozomi. "Le madri cuculo non ce l'hanno."

E anche lei, da figlia, non sembrava averne granché.

Ma Kodama le chiese qualcosa di inaspettato per lei: «Nozomi-chan, puoi essere la mia mamma?».

Le sue parole sconvolsero la Boulangerie Kurebayashi quel giorno.

Cosa dici, Kodama?
Esatto, Kodama, che ti salta in mente?
Come può una ragazza essere tua madre?

«È azzardato che Nozomi ti faccia da madre, vista la sua età», dissero Hiroki e Madarame.

Kurebayashi chiese a Kodama: «Che succede? Cosa c'è che non va?».

Kodama scrollò le spalle e gli diede un foglio.

«Devono fare una visita a casa...»

Era un avviso di visita a domicilio.

«La nuova maestra vuole venire a casa...»

L'avviso, scritto al computer, riportava nello spazio vuoto

in fondo alla sezione delle note un avvertimento scritto con la penna rossa:

Alla madre di Mizuno.
Negli anni scorsi non abbiamo potuto fare la visita a domicilio per motivi personali degli insegnanti di classe.
Quest'anno vorrei assicurarle che verremo.
L'orario sarà concordato in base alle vostre necessità, quindi vi saremmo grati per la vostra comprensione e collaborazione.

La lettera era scritta con un linguaggio formale, ma il messaggio era chiaro: doveva farsi trovare pronta perché quest'anno avrebbero sicuramente fatto la visita a domicilio.

«Se scoprono che Orie-chan non c'è, sono nei guai. Ecco perché...»

Tutti si guardarono. Volevano aiutare Kodama, ma non sapevano come.

Hiroki propose di truccare Nozomi per farla passare da sua madre, ma Madarame aggrottò la fronte: con tutto l'impegno del mondo, al massimo poteva dimostrare vent'anni, non di più.

«Hiroki potrebbe travestirsi da donna», propose Nozomi.

Ma Kurebayashi disse: «Esteticamente potrebbe andare, ma appena apre bocca...».

Mentre riflettevano su questo, la porta si aprì ed entrò Sophia: «Buonasera! Che succede?».

Hiroki esclamò: «Ecco la soluzione!».

Tutti gli uomini annuirono, Sophia inclinò la testa perplessa.

Naturalmente, Nozomi non poté fare a meno di urlare. Protestò: «Scherzate? Come può essere sua madre questo tizio?».

Ma gli uomini non avevano obiezioni.

Non c'erano alternative, e di sicuro Sophia sembrava una

madre più di Nozomi. Inoltre, Kodama le era affezionato. Nozomi era in minoranza.

Allora Hiroki chiese a Sophia: «Cara, puoi farci un favore? Vuoi essere la madre di Kodama?».

Sophia assunse un'espressione insolitamente perplessa e scosse la testa: «Non posso, una volta ero un uomo, se non ve lo foste dimenticato. Per quanto io sia bella e femminile, non è biologicamente possibile». Si ritrasse, alzando lo sguardo e atteggiandosi proprio come una donna.

Nessuno lo aveva dimenticato. Ma nessuno lo disse ad alta voce. Continuarono a cercare di convincere Sophia: «Quando sei seduta sembri una donna. In piedi sei imponente, ma puoi farcela, se ti accucci e pieghi un po' le ginocchia. Sei più femminile di molte donne. Devi solo esercitarti a parlare con un tono più acuto...».

Di fronte a quei tentativi di persuasione, Sophia si mostrò riluttante, ma poi cedette alle suppliche di Kodama.

«Sophia-san, ti prego. Per favore, puoi essere la mia mamma?»

Quella sua schiettezza la colpì in pieno petto, Sophia si commosse e poi disse con convinzione: «Va bene, lo farò! Sarò la tua mamma». E stringendo la mano di Kodama, esclamò: «Hai risvegliato il mio istinto materno!».

"Come può esserci qualcosa del genere in te?" pensò Nozomi, osservando in silenzio Kodama che ringraziava felicemente Sophia.

«Faremo del nostro meglio durante la visita a domicilio.»

Sophia prese Kodama in braccio e lo sollevò in aria, facendolo esultare di felicità.

«Guarda come sono in alto!» esclamò Kodama.

Nozomi all'improvviso si ritrovò a pensare: "L'istinto materno che manca a me, a mia madre, alla madre di Kodama, ce l'ha Sophia, che non è una donna".

O forse era solo una speranza.

«Prima della visita, vorrei vedere la casa di Kodama», disse pacatamente Sophia a Nozomi. «Dovrò mostrare la stanza, offrire il tè, il bagno... E la casa deve essere pulita. Altrimenti non farò una bella figura...»

Sophia aveva ragione. Invitare l'insegnante in casa poteva essere un problema. Se avessero scoperto che Sophia non era la madre, sarebbe scattato l'allarme per la scomparsa di Orie. Questo doveva essere assolutamente evitato, altrimenti il desiderio di Kodama di rivedere sua madre sarebbe andato in pezzi e lui sarebbe finito in un istituto. Quindi Nozomi, Kodama e Sophia andarono a casa Mizuno.

«Oh, là, là... È molto più in ordine di quanto mi aspettassi!» disse Sophia entrando in salotto. «Vedendo il muschio sul tetto, mi sono preoccupata, ma la casa è pulita. Impressionante!»

Nozomi ridacchiò: aveva pulito lei. E aveva dato istruzioni a Kodama per tenere in ordine. Ma non solo. Gli aveva insegnato a lavare il bucato e i piatti. Con una madre del genere, un bambino doveva crescere in fretta. Questa era la convinzione di Nozomi: anche lei aveva fatto così. Nozomi si occupava delle cose che Kodama non poteva fare, ma lui era un bambino più responsabile del previsto. Non studiava molto, da quel che le diceva, ma prendeva sempre il massimo dei voti nei test. Forse era semplicemente un talento naturale, un bambino sorprendente.

«Anche un bambino può farlo, no?» Nozomi lo disse con uno sguardo orgoglioso.

Sophia sorrise, indicò il telaio della finestra, e cominciò a sottolineare le carenze in varie parti della casa come farebbe una suocera: «Qui ci sono macchie. Le porte scorrevoli sono rovinate dal sole, le finestre sono tutte sporche. E il giardino... Sembra una casa infestata». Era come se Sophia volesse trasformare quella abitazione in una vera casa di famiglia.

Nozomi pensava che Sophia intendesse fare tutto da sola, come se lei fosse estranea alla situazione. Ma Sophia le prese la mano e disse: «Abbiamo tanto da fare, insieme. Aiutami, Nozomi-chan!».

Sembrava che Sophia si affidasse a lei. Nozomi cercò di declinare la proposta, ma Sophia insistette: «Non importa quanto io sia bella e femminile, Nozomi-chan: non sono la madre di Kodama. Non so come andranno a finire le cose. Voglio che questa casa sia perfetta. E se non mi aiuti, non riuscirò a fingere di essere sua madre. Ho paura». Poi aggiunse: «È faticoso essere chi non si è, sai».

A giudicare dal suo comportamento abituale, Sophia sembrava una persona rude e ribelle, ma in realtà era timida e sensibile. A quel punto, con riluttanza, Nozomi accettò di aiutarla. Per fortuna mancavano ancora dieci giorni alla visita. Sfruttando tutto il sabato e la domenica, ce l'avrebbero fatta. E convincendo Kodama a collaborare, le cose sarebbero andate ancora meglio. Kurebayashi e Hiroki potevano occuparsi delle erbacce sul tetto e del giardino, durante il giorno di chiusura della panetteria. Inoltre, avrebbero coinvolto anche Madarame. Dopotutto, erano stati loro a proporre Sophia, dovevano assumersi la responsabilità.

Giorno dopo giorno, la casa di Kodama cominciò ad avere sempre più una parvenza di normalità. La prima settimana, Nozomi e Sophia la dedicarono quasi esclusivamente alle pulizie.

Quando Nozomi iniziò a lamentarsi, Sophia la rimproverò come una suocera: «Non capisci, vero, mia cara? La vita familiare è una seccatura».

La manutenzione esterna era stata completata da Kurebayashi e Hiroki durante il giorno di chiusura della Boulangerie. Nozomi rimase segretamente impressionata dalla loro bravura ed efficienza.

Nei tre giorni restanti, si occuparono dei dettagli. Misero in atto dei piccoli escamotage, come: un orario nella stanza di Kodama, la tavola pitagorica in bagno. Kodama iniziò a chiamare Sophia *mamma*. Dovevano abituarsi, altrimenti sarebbero stati scoperti. Kodama sembrò adattarsi piuttosto facilmente. Forse perché chiamava sua madre per nome.

«È la prima volta che dico *mamma*», disse Kodama abbracciando Sophia, che stava organizzando la sua stanza. Si esercitava in continuazione e Sophia gli sorrideva: «Ecco la mamma!». Guardandoli insieme, giorno dopo giorno, sembravano davvero madre e figlio.

Il giorno della visita a domicilio, tutti si riunirono davanti a casa Mizuno. Sophia indossava una maglia e una gonna nera attillata. Quegli abiti la facevano sembrare più minuta, disse.

«Sì, vero, sembri più piccola...» confermò Hiroki.

Madarame la rassicurò: non doveva preoccuparsi, poiché avrebbe tenuto d'occhio cosa succedeva all'interno con il telescopio. Kurebayashi, con un sorriso, le augurò buona fortuna. «Andrà bene, ti sei preparata tanto.»

Anche Nozomi si unì alle parole di Kurebayashi. «Sophia sembra davvero la madre di Kodama. Sicuramente andrà tutto bene.»

Di fronte a un incoraggiamento così inaspettato ed entusiasta, Sophia annuì. Poi iniziò a recitare il suo incantesimo. Lasciando tutti sbigottiti, Sophia continuò, ricordando con nonchalance a sé stessa: «Solo per oggi, sono la madre di Kodama».

Nozomi era perplessa, chiedendosi cosa Sophia stesse borbottando.

Dopo aver proferito quelle parole, Sophia sembrò decisa. «Okay, vado», disse sorridendo. Prese la mano di Kodama e insieme entrarono in casa.

Dopo circa mezz'ora, arrivò l'insegnante. Un uomo dall'aspetto piuttosto severo suonò il citofono. Kurebayashi l'aveva riparato e adesso funzionava perfettamente.

Sophia aprì la porta sfoderando il suo migliore sorriso.

Nozomi e gli altri osservavano la scena, nascosti dietro i bidoni della spazzatura. L'insegnante si trattenne a casa Mizuno per una ventina di minuti. Quando uscì, Sophia e

Kodama lo salutarono con un sorriso. Anche l'insegnante sorrideva teneramente.

Tutti erano convinti: l'operazione *rimpiazzo mamma* era perfettamente riuscita.

Decisero di festeggiare al locale. Sophia non lo sapeva, ma si erano preparati. Hiroki aveva cucinato, Nozomi e Kurebayashi avevano fatto il pane.

Quando lo dissero a Sophia, fece i salti di gioia.

«Ultimamente sono stata a dieta per far sembrare il mio corpo più piccolo. Ho una fame, ragazzi! Grazie!»

Era tutto pronto per i festeggiamenti. Se non fosse successo quello che era poi successo.

Mentre tutti aspettavano al semaforo dell'incrocio di fronte alla stazione, Kodama fissava il rosso e mormorava: «Diventa verde! Diventa verde!». Sembrava stesse cercando di fare una magia al semaforo.

Tutti ridevano, pensando: "Com'è innocente! Crede di poter cambiare il segnale con un incantesimo. Ma è solo un dispositivo meccanico. Che fantasia hanno i bambini!".

Anche Sophia rideva. "Anch'io da piccola pensavo che tante cose fossero magiche, sai?" ricordava guardando Kodama.

In quel momento, qualcuno alle loro spalle la chiamò: «Takeyama!». Nozomi ovviamente non reagì: non sapeva che quello fosse il vero nome di Sophia. Nemmeno Kurebayashi, Hiroki e Madarame lo sapevano.

Quando il semaforo diventò verde, tutti attraversarono. Dall'altra parte della strada un uomo, un padre con la famiglia, alzò la mano continuando a chiamare: «Takeyama!» e si avvicinò. Nozomi lo vide con la coda dell'occhio. L'uomo insisteva a gridare: «Ehi, Takeyama, Takeyama, Takeyama, sei tu, vero?».

Ma loro continuarono ad attraversare le strisce pedonali senza prestare attenzione all'uomo. Allo stesso tempo, non si accorsero che Sophia si era voltata e stava tornando indietro, come se stesse scappando.

Fu solo quando erano quasi dall'altra parte della strada che Nozomi si rese conto che Sophia non c'era più.

«Ehi, Sophia!»

Nozomi si voltò e vide Sophia che correva tra la folla in direzione opposta alla loro.

«Sophia!»

Nozomi la guardò, urlò il suo nome, ma Sophia non si voltò. Scomparve tra la gente.

Tre giorni dopo, Sophia si presentò alla Boulangerie Kurebayashi. Arrivò subito dopo l'apertura, come al solito.

«Mi dispiace per l'altro giorno.»

Non si sedette al tavolo, ma rimase sulla soglia a guardare Nozomi, Kurebayashi, Kodama e Hiroki in cucina. Chinò la testa, scusandosi.

«Vi siete dati così tanto da fare per me, mi dispiace. Mi sono comportata male.»

Kurebayashi la invitò a entrare: «Non c'è bisogno di scusarsi. Sophia, hai fatto davvero un ottimo lavoro quel giorno. Oggi puoi ordinare quello che vuoi. Naturalmente offro io!».

Sophia sorrise sentendosi sollevata e si sedette al suo solito posto per mangiare.

«Quel giorno ho incontrato un amico del mio club dell'università.» Sophia iniziò a raccontare mentre sorseggiava il suo caffè.

Nozomi ricordò l'uomo al semaforo, che cercava di chiamare qualcuno sulle strisce pedonali. Era un uomo qualunque, con una polo blu, pantaloni beige, proprio come un impiegato nel suo giorno libero. I suoi capelli non erano né corti né lunghi, forse erano leggermente grigi, ma ne aveva ancora molti. La moglie spingeva una carrozzina. Indossava una casacca bianca, pantaloni neri e un cappello beige. Sembrava una moglie come tante, piuttosto giovane. Una famiglia normale e felice, cosa rara di questi tempi.

L'uomo di cui parlava Sophia era probabilmente quello, pensò Nozomi.

«In tempi come questi, non conviene essere una bellezza naturale, vero? Io sono sempre stata bella, quindi il mio viso non è cambiato molto rispetto a quando ero un ragazzo. È per questo che le persone mi riconoscono facilmente», disse Sophia con un piccolo sorriso ironico.

«Inoltre, una volta sono apparsa in un varietà televisivo. Hanno intervistato la proprietaria del locale in cui lavoravo e io ho fatto una fugace apparizione nel programma. La televisione è spaventosa: in quel momento i miei genitori hanno capito che tipo di lavoro facevo.»

«Quindi è così che funziona?» Nozomi ne rimase un po' stupita.

Sophia annuì: «Sì. E forse perché sono apparsa in tivù in quel modo, la gente diceva che ero gay. Pensano che tutto ciò che è in tivù sia divertente. Alcuni compagni di scuola sono venuti al locale solo per curiosità».

Sophia aggiunse, strizzando gli occhi come se stesse fissando un punto a distanza, che forse anche quell'uomo la pensava così. Sospirò: «Forse è per questo che non ha nemmeno pensato di lasciarmi in pace quando mi ha visto nella mia forma femminile. L'ho riconosciuto subito: non è cambiato affatto. Era un semplice studente, che saltava le lezioni. Anch'io ero così, anche se un po' più bello».

Sophia parlava con un sottile sorriso sulle labbra. A quanto pareva, non era un brutto ricordo.

«Andavamo in macchina al mare di notte con i nostri compagni di circolo, facevamo serate all'aperto in bar economici. Ci scambiavamo gli appunti oppure discutevamo su quali fossero le lezioni più facili. Incredibile pensare che un tempo anche io facevo parte di un gruppo di persone così. Lui era come il mio alter ego. Se non fossi diventata Sophia, forse sarei come lui... Malgrado tutto, in qualche modo è riuscito a condurre una vita normale, ad avere figli, una famiglia, in qualche modo è riuscito a essere sé stesso...»

Sophia si interruppe come incantata. Nozomi la richiamò alla realtà. Sophia tornò in sé e sfoggiò il suo solito sorriso. "È tutto a posto."

«Ho sempre desiderato essere me stessa. Ecco perché ho lasciato la mia città natale e sono andata all'università a Tokyo. Ma il fatto di essere arrivata qui non significava che potessi fare ciò che volevo, e ho continuato a fare la vita di prima per quattro anni. Solo dopo la laurea mi sono buttata nel mondo in cui mi trovo ora. Sono diventata Sophia perché non potevo più sopportare di vivere la mia vita fingendo. All'inizio me la cavavo bene, ero brava nel mondo dell'intrattenimento notturno, ero felice. Sentivo davvero che quello era il mio posto, che potevo finalmente essere me stessa. Ma ho capito che era solo un incantesimo.»

Sophia sorrise di nuovo.

«A un certo punto mi sono resa conto che la magia non funzionava più. Se qualcuno diceva di voler vivere con me, lo dissuadevo: non mi sentivo mai abbastanza. Alla fine se ne andava.»

Kodama strinse l'orlo della gonna di Nozomi. Ascoltava con attenzione e con le labbra imbronciate. Voleva dire qualcosa, ma non ci riusciva. Nemmeno Nozomi.

«I miei genitori piangono ancora a causa mia. Sono patetica. Dopo aver vissuto per decenni come desideravo, non sono riuscita a rendere felice nessuno, nemmeno me stessa. Forse il vero me non esiste. Sono scappata, sono diventata Sophia a forza di incantesimi. Se non l'avessi fatto, sarei riuscita in qualche modo ad avere una vita normale e a non far piangere i miei genitori. Come i miei compagni di circolo...»

Sophia tirò fuori la lingua e scrollò le spalle.

«Scusate la negatività. Mi dispiace di aver detto cose così cupe. Insomma, sono solo una ragazza inutile che continua a scappare. Non servo a niente», disse, e si diede un pugno in testa.

Kodama emise uno strano verso. Guardò Sophia e aprì la bocca: «Ehm...uh...». Non trovava le parole. Così le disse di aspettare un momento, entrò in cucina e salì le scale che portavano al secondo piano.

Nozomi si imbronciò.

Sophia la guardava con aria incuriosita.

«Non dire cose stupide! Non è vero. E secondo te la madre di Kodama farebbe tutto bene? Perché dici queste scemenze? Ai bambini non piace sentire i genitori parlare così», disse Nozomi con rabbia.

Sophia sorrise.

«Mi dispiace, cara. Ma interpretare il ruolo di madre era solo una cosa temporanea.»

«Ma ti sei impegnata tanto...»

«Era solo una magia, un sogno a termine. Hai ragione, non sono la madre di Kodama. Soprattutto, una persona come me non potrebbe mai essere la madre di nessuno. Non importa quanto lo desideri o preghi, non potrò mai diventare il genitore di nessuno...» Sophia voleva sorridere mentre pronunciava quelle parole, ma la sua voce si ruppe.

Nozomi si morse il labbro, senza una risposta. Ma quello che pensava davvero era: "Non dire così. Sembravi davvero una madre. Ti prego, non dire così".

In quel momento, Kurebayashi parlò.

«Sophia, vuoi un caffè?»

Lo chiese con un tono disinvolto, come se non avesse sentito lo scambio tra Nozomi e Sophia, e iniziò rapidamente a preparare una tazza di caffè. Tuttavia, versò nelle tazze solo il caffè che era rimasto nella macchinetta.

Prese la tazza di Sophia e la riempì di caffè caldo.

Mentre versava, iniziò a parlare: «La magia è un trucco. Questo genere di cose non succede davvero. La magia funziona con trucchi e messinscena».

Nozomi e Sophia erano confuse e sbalordite da quelle parole. Cosa voleva dire?

Kurebayashi continuò con calma, con il suo solito sorriso.

«Anche i giochi di illusionismo richiedono preparazione. Se fai un gioco di prestigio con un piccione non c'è modo che funzioni senza preparazione, perché è un piccione. Stessa cosa per il teletrasporto. Senza trucchi, non sarebbe possibile una cosa così assurda. Se fosse davvero possibile, non ci sarebbe nulla di straordinario. È come il pane: non si gonfia senza lievito. Deve essere impastato correttamente, serve la preparazione.»

Così dicendo, offrì un'altra tazza di caffè a Sophia.

«La magia funziona con trucchi e messinscena.»

Come il lievito.

«Sophia, tu hai trucchi e messinscena. Per questo sei diventata Sophia.»

Nozomi non afferrava il senso. "Cosa significa? Cosa intendi con trucchi e messinscena?"

Prima che potesse chiederlo, però, Kodama corse fuori dalla cucina.

«Guardate!» gridò mentre correva.

Tra le mani aveva un disegno.

«Cos'è?» chiese Sophia incuriosita. Kodama glielo mostrò orgoglioso.

C'era un ritratto ad acquerello: una donna con i capelli a caschetto.

«Ho preso un bel voto!»

Accanto al disegno c'era un grande cerchio di fiori e il commento dell'insegnante scritto a penna rossa.

Molto somigliante. Ben fatto, bravo!

Nozomi, dopo aver distolto lo sguardo, pensò: "Non si assomigliano affatto. Però, lo scarabocchio di Sophia ha un sorriso sul volto. Anche se è un disegno approssimativo, ha un bel sorriso."

«Kodama...» mormorò Sophia prendendo il disegno.

Poi si accovacciò, lo abbracciò e sorrise. Un sorriso dolce e gentile.

«Grazie... la mamma è davvero felice!»

Sophia abbracciò Kodama, e poi girandosi disse: «Ehi, Kurebayashi...».

«Sì?»

«Pensi davvero che io abbia della magia?»

Lui, sorridendo come suo solito, rispose: «Sì, lo penso».

Le sue parole colpirono Nozomi.

«È così da molto tempo.»

***

Quel giorno Sophia aveva comprato la sua prima pagnotta alla Boulangerie Kurebayashi e l'aveva portata alla sua casa di cartone. Mike dormiva, rannicchiata.

Sul bordo della coperta, dove Mike stava dormendo, c'era una confezione di graffette. Sophia l'aveva raccolta, probabilmente era stata rubata in un minimarket, e l'aveva messa in tasca.

Mike aveva il vizio di rubare, lo aveva fatto anche quando si erano conosciute. In farmacia, aveva rubato con destrezza una pomata per punture d'insetto. Era un comportamento da delinquente abituale. Aveva preso la scatola e l'aveva infilata nella manica, poi aveva voltato le spalle al bancone e se n'era andata, in modo del tutto naturale. Un'esperta. Sophia l'aveva vista. Quando Mike si era resa conto di essere stata sorpresa a rubare, la sua espressione si era irrigidita. I suoi occhi, fino ad allora annebbiati, avevano riacquistato un po' della loro vitalità. Era come se finalmente si fosse ricordata di essere ancora viva. Sophia aveva sorriso.

«Niente male», le aveva detto.

Mike, sorpresa, aveva finito per seguire Sophia. Così Sophia aveva deciso di tenere Mike con sé.

Sophia pensava che fosse una casalinga scappata di casa.

Mike non aveva niente con sé, salvo un pezzo di carta da regalo che teneva in tasca, come se fosse una cosa molto importante. Sopra c'era l'indirizzo di un negozio, che si trovava nello stesso quartiere dove Sophia aveva abitato da studente.

Allora, Sophia, incuriosita da come fosse cambiata quella zona, era andata nel quartiere. Ed era entrata nella Boulangerie Kurebayashi, dove aveva fatto quell'incontro inaspettato.

«Sophia, sei tu? Sei tornata?»

Mike si era svegliata, percependo finalmente la presenza di Sophia. Poi, stropicciandosi gli occhi assonnati, si alzò lentamente.

«Sì, sono a casa.»

Non appena Mike vide il sacchetto di prodotti da forno che Sophia aveva in mano, spalancò gli occhi.

"L'espressione di chi si è ricordata di essere ancora viva", pensò Sophia.

«Il pane di quella *boulangerie* è delizioso, vero? L'hai già mangiato?» domandò Sophia.

Mike rimase interdetta e immobile, senza rispondere.

«È un negozio meraviglioso. Me ne sono innamorata anch'io.»

Davanti a Mike, ancora senza parole, Sophia si stiracchiò.

«Basta con la vita da senzatetto. Ho deciso di chiudere il capitolo. Un amico mi ha offerto un lavoro nel suo locale, quindi penso di cominciare a breve. È già arrivata la stagione delle piogge. Sono stanca di perdere tempo qui. È ora di andare avanti, per me e anche per te.»

Sophia lo aveva scoperto a casa di Kodama. Una foto di Mike con lui.

«È Orie-chan», le aveva detto Kodama.

«La madre di Kodama», aveva aggiunto Nozomi.

Sophia aveva capito: Mike, il *gatto randagio*, era la madre di Kodama.

«Kodama è un bravo bambino. Smetti di farti chiamare Mike e torna da lui. Ti lancerò un incantesimo.»

Mentre parlava, Sophia diede una pacca sulla testa di Mike.

«*Bibidi-bobidi-bu,* Mike...»

"Andrà tutto bene", pensò Sophia. "La mia magia funziona sempre."

«Sarai un'ottima mamma!»

Perché Mike e Kodama avevano i loro trucchi e le loro messinscene.

5.
COUPE

I criteri di Hiroki Yanagi per le decisioni importanti? L'approvazione di Miwako Kuse o, per meglio dire, di Miwako Kurebayashi. Era stato così per dieci anni, e credeva che sarebbe rimasto così ancora per un po'.

Hiroki aveva conosciuto Miwako in seconda media, nel pieno della pubertà. All'epoca, Hiroki era un ragazzaccio con una pessima reputazione a scuola, il primo della classe per sospensioni. Taccheggio, estorsioni, furti erano le sue arti. Niente sigarette, alcol o droghe, perché costavano troppo. Evitava il più possibile le risse, perché gli ospedali erano cari. Non che fosse tirchio, semplicemente non aveva soldi.

Anni prima, un terremoto aveva colpito la sua zona. Non era stata la terra a sprofondare, ma l'economia. Anche gli occhi dell'ancora giovane Hiroki potevano vedere il declino. Le piccole fabbriche chiudevano, la gente perdeva il lavoro. Hiroki credeva che perdere il lavoro significasse perdere tutto: la propria fonte di reddito, il proprio luogo di appartenenza e la propria dignità. E, in effetti, il numero di uomini che passavano le giornate a bere aumentò a dismisura. Anche le donne per strada erano diventate improvvisamente vecchie. Lo stesso accadde ai genitori di Hiroki.

Suo padre, dopo il fallimento della fabbrica in cui aveva lavorato per molti anni, non riuscì a trovare un nuovo lavoro e si diede all'alcol. Sua madre, che lavorava part time nella stessa azienda, trovò lavoro in una fabbrica di *bentō*, a un'ora di autobus di distanza.

Era la primavera del primo anno di scuola media.

La famiglia era in difficoltà. La vita sprofondò gradualmente. Hiroki aveva cinquecento yen per mangiare, che era quanto sua madre lasciava sul tavolo da pranzo ogni due giorni, e lui doveva usare i soldi per soddisfare il suo vorace appetito di adolescente. A volte erano anche meno: la madre fingeva di essere sbadata e lasciava una moneta da cento yen. Suo padre era peggio. Fu allora che Hiroki lo picchiò, dicendogli che se aveva soldi per comprare alcolici, allora avrebbe potuto darli a lui. Il padre, fisicamente, non era forte quanto Hiroki, così prese un coltello dalla cucina. Lo tirò fuori e se ne andò infuriato, dicendogli di non prendersi gioco di lui.

"È finita", pensò Hiroki. "Non ho soldi, è davvero finita."

Ciononostante, non aveva mai provato rancore per loro due. Prima del declino, viveva una vita perfetta. Certo, non erano benestanti, ma la madre preparava tutti i giorni da mangiare e il padre non aveva mai brandito un coltello.

Bastava quello in una famiglia, pensava Hiroki.

In altre parole, la semplice conclusione a cui arrivò era che non doveva odiare i suoi genitori, ma la povertà. E come poteva superare la mancanza di soldi? Semplice: rubando. Se non hai qualcosa, puoi prenderlo da qualche parte: molti suoi amici la pensavano così. Dunque, lavorando fianco a fianco con loro, Hiroki portò avanti le sue malefatte. Non aveva rimorsi. Rimpianse solo di essere stato scoperto e arrestato.

Hiroki aveva iniziato a rubare molto più di semplici cose: il cuore delle ragazze. Era bello fin da bambino e le ragazze erano gentili con lui. Ragazze, compagne di classe, insegnanti, donne e anziane che semplicemente camminavano per strada, si rivolgevano a lui sorridendo. Hiroki, che all'epoca aveva ancora un cuore puro, ricambiava la gentilezza. Pensava che fosse una spirale positiva. Senza il terremoto finanziario, forse sarebbe diventato un principe.

Ma il crollo avvenne, e il cuore di Hiroki cambiò, portandolo ad atteggiamenti sbagliati verso persone che non lo meritavano.

Giocava con le ragazze innamorate e di buona famiglia, le feriva e le usava. Faceva sesso con loro. Durante l'adolescenza, aveva un vorace appetito sessuale. Aveva fatto cose terribili alla ragazza più bella della scuola. Lei le aveva confessato i suoi sentimenti, avevano iniziato a frequentarsi. Poi lui andò a casa sua e finì a letto con la sorella, e per lei era la prima volta.

Quando si lasciarono gli disse: «Hiroki, non sai amare, neppure conosci il significato di questa parola».

All'epoca, la considerò arrogante. Stava forse cercando di dire che un uomo che non ama sé stesso è una persona incapace di amare gli altri?

"Non essere compiaciuta, stronza!"

Ora capiva che invece aveva ragione. Se non avesse incontrato Miwako, sarebbe diventato un donnaiolo o un pappone.

Fu l'ufficiale di sorveglianza dell'epoca a presentargli Miwako. A seguito delle sue numerose malefatte, gli era stato assegnato un tutor. Miwako sarebbe stata la sua tutrice.

«Insegna in una scuola di recupero a Tokyo. È specializzata in inglese, ma è brava anche in altre materie, vedrai che sarà un'ottima insegnante.»

Probabilmente era preoccupata per Hiroki, che stava per entrare in terza media e aveva pessimi voti a scuola. Tuttavia, Hiroki rifiutò l'offerta. Non voleva andare alle superiori, e non per una questione di capacità. Non poteva permetterselo economicamente.

«Non c'è problema. Dopo la scuola media lavorerò per diventare un *host.* Questa faccia è l'unica cosa buona che mi hanno dato i miei genitori. Truffero le donne, farò soldi e vivrò alla grande.»

Quando lo disse, Miwako scoppiò a ridere.

«Non farlo. Non è bello imbrogliare le persone per fare soldi.»

Hiroki replicò: «Non importa, si vince quando si fanno soldi. Non esistono soldi puliti o sporchi».

«Non è così. Il denaro può essere pulito o sporco. Lo sai anche tu. Se ci credessi veramente, non lo diresti», disse Miwako con un viso spensierato e sorridente.

Aveva centrato il bersaglio. Hiroki conosceva la differenza. I soldi di suo padre erano puliti, guadagnati con orgoglio. Erano soldi che provenivano dal duro lavoro per la sua famiglia. Lo sapeva. Tuttavia, nonostante lo pensasse, Hiroki, che si sentiva in colpa, si giustificò e cambiò discorso.

«Comunque, non ho bisogno di una tutor. Studiare non riempie la pancia», disse in modo sarcastico.

Miwako lo prese alla lettera e qualche giorno dopo fece irruzione nell'appartamento di Hiroki con una gran quantità di pane.

«Sono una maestra delle elementari, ma lavoro anche in una scuola di panificazione e pasticceria. Se studi, sarai sazio. Ho fatto il pane. Dopo i compiti, te ne darò quanto vorrai.»

Hiroki si chiese se fosse stupida. Ma dalla confezione usciva un profumo di prodotti appena sfornati, e gli venne l'acquolina.

Miwako spinse tra le sue mani il sacchetto del pane. In quella stanza fredda, senza riscaldamento, Hiroki, intorpidito, sentì il calore sulle dita dopo tanto tempo.

Inoltre, in quel periodo, c'erano giorni in cui non aveva niente da mangiare: sveniva dalla fame. Aprì il sacchetto. Dentro c'erano una baguette, un french toast al bacon, un croissant e una danese al cioccolato. Quando prese in mano la baguette e ne strappò un pezzo, ne uscì un leggero vapore. Mangiò voracemente.

"Niente è mai stato così buono", avrebbe pensato anche in futuro Hiroki.

Quel sapore fu il suo punto di svolta.

Da allora, Miwako andava da Hiroki ogni giorno, con pane e libri. Si trattava di un'esca, in fondo. Ma grazie a quel pane, Hiroki aveva studiato, e persino imparato un po' di inglese e di francese. Aveva iniziato a frequentare una scuola superiore regolare mentre lavorava part time.

Miwako aveva rivoluzionato la vita di Hiroki. Per questo, quando lei partì per la Francia per studiare l'arte della panetteria e della pasticceria, lui la seguì senza esitazione.

Fu subito dopo il diploma di scuola superiore. Lavorava giorno e notte per pagarsi il viaggio. Per qualche motivo, persino i suoi compagni di scorribande lo aiutarono. Qualcuno gli offrì un lavoro, altri gli diedero dei soldi come regalo d'addio. Con sua grandissima sorpresa, i suoi genitori gli diedero i loro risparmi, senza fiatare. La madre trentamila yen, il padre ventimila.

«Dove li hai presi?» chiese Hiroki.

A quella domanda, suo padre sbuffò.

«Ho vinto ai cavalli», rispose, con le mani sporche di olio. «Vattene da qui. Non fare la mia fine.»

"Non farò l'idiota", pensò Hiroki. "Sarò come te, guadagnerò onestamente."

Ma prima doveva arrivare in Francia.

Con il suo francese stentato, Hiroki arrivò a Montmartre. Sapeva che Miwako aveva l'appartamento in quella zona. Perciò era determinato a trovarla, anche se ci sarebbero voluti giorni.

Contrariamente alle sue aspettative, però, la trovò abbastanza in fretta. Nella piazza antistante la scalinata della collina di Montmartre, gli occhi di Hiroki la scorsero subito tra la folla. Per un attimo si chiese come fosse stato possibile. Ma il motivo divenne presto chiaro nella sua mente: era il destino, capì Hiroki.

"Miwako è il mio destino." Avrebbe potuto trovarla ovunque. "Il destino è inevitabile e si ripete ancora e ancora e ancora..."

La chiamò dall'alto della scalinata. Miwako si voltò, sorpresa.

«Hiroki? Cosa ci fai qui?»

Lui scese di corsa le scale: «Non puoi andartene via così! Non posso vivere senza il tuo pane, Miwako!».

La sua voleva essere una dichiarazione d'amore. Ma Miwako lo prese alla lettera e ogni giorno gli dava il pane che lei faceva a scuola.

"Non era quello che intendevo", pensò Hiroki. Ma decise di fare marcia indietro e di aspettare. Dopotutto, avevano una certa differenza d'età. E lui, a soli diciotto anni, probabilmente era ancora un ragazzino per Miwako. "Quando sarò più grande, potrò confessarle i miei sentimenti."

Decise di diventare panettiere. L'aveva deciso la prima volta che Miwako gli aveva offerto il pane. Non avrebbe mai immaginato però che il suo punto di partenza sarebbe stata la Francia. Non aveva i soldi per frequentare la scuola di pasticceria, così iniziò facendo lavori saltuari in panetteria. Anni dopo, era un *boulanger* esperto.

Lavorava sodo, aveva un talento naturale, ed era stato anche fortunato. Il suo datore di lavoro gli aveva insegnato il mestiere, anche se era un ragazzo giapponese venuto dal nulla, perché è dovere di un *boulanger* trasmettere le proprie abilità. E Miwako lo elogiava. Ogni volta che le portava il pane che aveva preparato, lei diceva che era delizioso e gli dava una bella pacca sulla testa. Voleva che lei lo ammirasse, che fosse felice.

«Faccio il pane per rendere felici le persone che amo.»

Miwako lo diceva spesso. Hiroki era contento. Lei gli regalava tanto pane. Quando seppe che aveva un fidanzato, fu più che sorpreso.

«Stiamo insieme dall'università. Abbiamo avuto una relazione a distanza per molto tempo per via del suo lavoro.»

Hiroki non si arrese, era ancora convinto di avere una possibilità di vincere. Era lui ad andarla a trovare. Erano anime gemelle: lei era il suo destino.

Quando seppe che Miwako si era sposata, si sentì morire.

«Presto avremo entrambi trent'anni. È una tappa importante. Da oggi non sarò più Kuse: ora sono Kurebayashi.»

Nonostante ciò, Hiroki non perse la speranza che ci potesse essere ancora una possibilità per lui. Miwako poteva anche amare il marito, ma era convinto che fosse lui ad amarla più di chiunque altro. Inoltre, aveva più tempo da dedicarle rispetto al marito, che rimaneva all'estero così a lungo. E poi, avevano il pane in comune. Quindi, era sicuro che un giorno...

Ma Miwako morì all'improvviso.

Allora Hiroki conobbe Kurebayashi. All'inizio si sentì mortificato per essere stato battuto da un uomo così magro, con gli occhiali e la barba. Sempre così rilassato e tranquillo, sembrava un uomo senza ambizione o spirito. Non sapeva nulla di panificazione né di pasticceria, a cui Miwako aveva dedicato la vita, e diceva di non aver mai nemmeno provato a impastare il pane.

Quando Kurebayashi gli propose di aprire una *boulangerie*, Hiroki pensò che fosse pazzo. Ma accettò. Voleva vedere cosa sarebbe successo. Voleva capire l'uomo che Miwako aveva amato. Forse, semplicemente, cercava Miwako.

E Miwako sarebbe stata fiera di lui, l'avrebbe ammirato per aver aiutato quest'uomo con la sua pasticceria. Anche in un posto del genere, non avrebbe mai dimenticato i suoi criteri di giudizio. E soprattutto, Hiroki non si era mai annoiato da quando aveva cominciato a lavorare lì.

La Boulangerie Kurebayashi, che aveva avviato insieme a al marito di Miwako, aveva clienti insoliti.

Tra questi, la più importante era senza dubbio Nozomi, che diceva di essere la sorellastra di Miwako. Ma il padre di Miwako era morto da vent'anni. Non poteva essere in alcun modo sua sorella. Tuttavia, Kurebayashi l'aveva accolta lo stesso.

«Miwako, in quella lettera, ha scritto che era disponibile a ospitarla, quindi va bene così», diceva con aria divertita.

«Eppure le somiglia tanto. È assurdo che non abbiano legami di sangue.»

Hiroki non era d'accordo. "Niente affatto! Cosa c'è in lei di Miwako?" pensava. «Miwako era generosa, dolce, gentile...»

Kurebayashi rispondeva sorridendo: «Miwako si è ammorbidita con gli anni. Ma all'università era scontrosa. Diceva che il mondo era un campo di battaglia».

Kurebayashi conosceva un lato di Miwako che Hiroki ignorava.

«"Anche in questo paese pacifico, ci sono proiettili e bombe invisibili. La gente soffre, ma fa finta di nulla e sorride. Questo era il campo di battaglia", diceva, e anch'io la pensavo così.»

Era difficile da credere che quelle parole le avesse davvero pronunciate Miwako. Ma Hiroki capiva cosa intendesse. Anche lui in passato era stato in un campo di battaglia. Ecco perché Miwako gli aveva teso la mano.

"Eravamo soldati in una zona di guerra, lei sapeva cosa questo significasse."

***

Il giorno dopo l'inizio della stagione delle piogge, Madarame svegliò Nozomi all'alba.

«Era davanti a Yumetagaekannon, Nozomi-chan!»

Madarame arrivò prima dell'alba e portò Nozomi, assonnata, in cucina.

«Cosa è successo?»

Madarame si asciugò il sudore dalla fronte con il dorso della mano.

«C'era la madre di Kodama!»

A quelle parole, Nozomi si svegliò di colpo.

Anche Kurebayashi e Hiroki, che si stavano togliendo le divise da cuoco, accorsero senza nemmeno rivestirsi.

«Davvero era lei?» chiese Hiroki, seminudo.

Madarame sorrise e annuì.

«L'ho vista con il telescopio, il mio è potente. Sono sicuro che fosse lei. Circa trenta minuti fa, era davanti alla statua di Yumetagaekannon, con aria nervosa. Poi è sparita in un vicolo...»

Nozomi decise di andare a cercarla. Fortunatamente Hiroki sapeva come arrivarci.

«La statua di Yumetagaekannon è vicino a casa mia. C'è davanti uno stagno in un tempio, sulla strada per la panetteria.»

Come aveva detto Hiroki, la statua di bronzo di Yumetagaekannon si trovava al centro di uno stagno su un lato del tempio. Un cartello ai bordi dello stagno conteneva una descrizione della statua di Kannon. Kurebayashi lesse attentamente le parole.

«Yumetagaekannon. Trasforma gli incubi, gli episodi spiacevoli e i brutti ricordi in bei sogni...»

Hiroki per tutta risposta sbuffò.

«Ciò significa che la madre di Kodama ha avuto quel tipo di esperienze?»

Madarame aveva raccontato a Nozomi del passato di Orie. Troppe cose non avevano senso. Cosa voleva trasformare in un bel sogno? La morte della madre, il rapporto con il padre e la sua morte improvvisa, il lavoro non realizzato, la nascita di Kodama? Più ci pensava, più Nozomi si sentiva sopraffatta e depressa.

Poi, intuendo, Madarame cercò di confortarla.

«Non preoccuparti, Nozomi. Terrò d'occhio questo posto. Se la vedo, ti avviso subito.»

Nozomi pensò che quell'uomo fosse sì un guardone, ma che riusciva a leggere i suoi sentimenti. Tuttavia, continuava a comportarsi da maniaco.

«Ehm... ecco... insomma... Potresti darmi per favore il tuo numero di cellulare e l'indirizzo email, Nozomi?»

Hiroki commentò che se balbettava a quel modo, aveva

davvero l'aria del maniaco. Anche Nozomi lo pensava. Ma Madarame insistette: era un guardone perbene e non avrebbe abusato del numero di cellulare di Nozomi. La ragazza decise di fidarsi e gli diede i suoi contatti.

Voleva trovare Orie a qualunque costo.

Erano passati due mesi dalla sua scomparsa. Non doveva lasciare Kodama solo così a lungo. Questa era la sua opinione.

«Cosa faccio, Nozomi-chan? Ci sono uno strano vecchio e una vecchia a casa mia!» esclamò Kodama al cellulare. «Vogliono parlare con Orie-chan e non vogliono andarsene!»

Nozomi ebbe un brutto presentimento. Chiese a Kurebayashi di accompagnarla a casa di Kodama.

«Forse sono assistenti sociali. Forse hanno saputo che Kodama vive da solo.»

Kurebayashi annuì. «Andiamo subito.»

Davanti al citofono della casa di Kodama c'erano un uomo di mezza età e una donna un po' più giovane, vestiti elegantemente. I capelli dell'uomo non erano tinti, mentre la donna indossava occhiali da vista. A un primo sguardo, a Nozomi sembravano proprio assistenti sociali. I loro volti seri trasudavano buona volontà e senso di giustizia. A Kurebayashi si presentarono come consulenti. La polizia aveva ricevuto una chiamata anonima, spiegò l'uomo.

«Ci hanno detto che la madre di Kodama Mizuno è scomparsa da tempo e che lui è solo in casa.»

Nozomi replicò immediatamente a quelle parole.

«Deve essersi trattato di uno scherzo. Sua madre non è scomparsa!»

Tuttavia, la donna aggrottò la fronte e ribatté: «Ma i vicini hanno confermato di non vedere sua madre da un po'».

Sembrava che fossero piuttosto diffidenti per l'improvvisa apparizione di Nozomi e Kurebayashi. Questo fece sentire Nozomi nervosa, ma Kurebayashi rimase distaccato e sorrideva come al solito, con la presenza di spirito di aspettare e vedere come avrebbe reagito l'altra parte.

Fu allora che Kodama uscì di corsa dalla casa.

«Nozomi-chan! Kure-san!» Kodama corse davanti al cancello e si nascose dietro a Nozomi, e intanto si rivolse ai due consulenti implorandoli con una voce che sembrava sul punto di piangere.

«Ehi, non sono solo, giusto? Quindi sto bene, sto bene! Per favore, andatevene via.»

I consulenti rimasero confusi davanti all'accorato appello di Kodama. Così Kurebayashi si sedette e iniziò a parlare.

«Il bambino ha ragione. È vero che sua madre non c'è, ora, ma mi ha chiesto di badare a lui durante questo periodo. Ecco perché siamo venuti a trovarlo.»

La donna era comunque diffidente.

«Mi scusi, ma lei è un parente o qualcosa del genere?»

Kurebayashi disse di no.

La donna insistette, ancora dubbiosa: «Perché le ha chiesto di badare a suo figlio? Che rapporto ha con la madre?».

«Semplicemente è una cliente del mio forno-pasticceria. Viene spesso a comprare prodotti da me. Mi occupo del bambino da molto tempo.»

Kurebayashi parlava in modo calmo e rilassato. I consulenti, presi in contropiede da quel modo di fare, smorzarono i toni.

«D'accordo, va bene... allora, in questo caso...»

Di fronte a quel cedimento, Kurebayashi rincarò la dose di gentilezza: «Mi dispiace di avervi trattenuto troppo a lungo e di avervi fatto perdere tempo. Se avete domande, potete chiamare il negozio». Li congedò con un sorriso tranquillizzante, allontanandoli abilmente.

«Io devo tornare a casa, ma tu resta con Kodama. Se non vi sentite sicuri, portalo da noi per un po'.»

Nozomi annuì a quel suggerimento. Se Kodama fosse stato ospite alla Boulangerie Kurebayashi, nessuno avrebbe chiamato i servizi sociali e, soprattutto, lui non avrebbe dovuto più preoccuparsi di rimanere solo. Ma Kodama non era d'accordo.

«Non voglio, Nozomi-chan. Devo aspettare Orie-chan. Se non trova nessuno a casa quando tornerà, si sentirà sola!» Sul volto aveva un'espressione leggermente diversa e più matura del solito.

"Eppure, anche tu torni sempre in una casa vuota", pensò Nozomi.

Dopo aver dato a Kodama del pane, lo mise a letto. Lui crollò subito, come se avessero schiacciato un interruttore, esausto per la visita dei consulenti. Nozomi lo guardava sospirare nel sonno e pensava: "Cerca di essere spensierato, ma forse è al limite".

Entrò nella stanza di Orie. Era un disastro e insolitamente disordinata.

Mobili diversi, incoerenti tra loro, per colori, materiali e altezze. Un contenitore di vestiti sporgeva dall'armadio. Sul muro accanto al letto era appeso un calendario mensile, mentre davanti alla scrivania ce n'era uno giornaliero. Sul letto c'erano animali di peluche di diverse dimensioni, alcuni dall'aspetto antico, altri che sembravano premi di una sala giochi. Sullo scaffale c'erano libri di testo e quaderni delle elementari e medie, e alcuni risalenti ai tempi della scuola per infermieri.

Per curiosità, Nozomi dette un'occhiata un quaderno delle elementari. Orie era ancora immatura: la scrittura era incerta nella disposizione delle lettere e nella struttura della frase. Inoltre mancavano gli spazi vuoti. Il suo sogno per il futuro era diventare una *madre gentile.* Leggendolo, Nozomi non poté fare a meno di ridere.

«Non è andata proprio così, vero?»

Nozomi ripose il quaderno sullo scaffale, poi si guardò di nuovo intorno. La stanza non era ingombra, ma non c'era spazio per mettere i piedi, a causa della quantità di scatole e contenitori stipati in giro. L'aspetto della stanza le ricordava Orie.

Sulla credenza accanto al letto, c'erano diverse foto di Kodama felice. E anche Orie sorrideva. Sembravano una famiglia normale. Allora, perché Orie era scappata? E se non fosse tornata più? Se fosse passato ancora tempo senza dare notizie, Kodama sarebbe finito in affidamento ai servizi sociali o in istituto.

«Perché hai deciso di tenerlo?» mormorò Nozomi. Ripensò alle parole di Madarame: la verità era nella sua decisione, aveva detto. Qual era esattamente la verità di Orie?

In quel momento, il cellulare le vibrò. Era una chiamata di Madarame.

«È tornata, Nozomi-chan!» gridò. «La madre di Kodama è di nuovo a Yumetagaekannon!»

"Yumetagaekannon. Trasforma gli incubi, gli episodi spiacevoli e i brutti ricordi in bei sogni."

Qual era il passato che Orie stava disperatamente cercando di trasformare in un bel sogno?

Nozomi lasciò Kodama a dormire sotto le coperte e si precipitò in piena notte alla statua di Kannon. Grazie alla prontezza di Madarame, Orie era ancora lì, mano nella mano con la statua di bronzo nello stagno.

Quando Nozomi si avvicinò alle sue spalle, senza fiatare, Orie abbassò improvvisamente la mano e si voltò lentamente. La guardò e le rivolse un sorriso.

«Nozomi-chan... come sapevi che ero qui?» Poi aggiunse misteriosa: «L'ultima volta che sono venuta qui, Nozomi-chan, sei arrivata subito dopo di me. Eri insieme a due uomini».

«Quindi... ci hai visti?»

Orie sorrise.

«Vi ho osservati a lungo. Ho visto tutto, anche come tu e il proprietario della pasticceria avete mentito ai consulenti», aggiunse con il tono di voce che ricordava un pesce delle profondità marine.

«Vorrei parlarti seriamente di Kodama», disse Nozomi.

«Anch'io.» Orie annuì con convinzione.

Nozomi portò Orie alla Boulangerie Kurebayashi, poco prima dell'apertura.

Orie entrò e sospirò, strizzando gli occhi: "Che bel locale. Bello e caldo. Kodama deve adorarlo".

Su suggerimento di Kurebayashi, si sedette a un tavolino in fondo al negozio. Hiroki le offrì del latte caldo. Orie lo ringraziò a bassa voce e sorseggiò lentamente. Poi disse: «Bene... da cosa iniziamo?».

«Da Kodama. Cosa hai intenzione di fare con lui?» Nozomi sputò fuori quelle parole come una mitragliatrice.

Orie rispose lentamente: «Eh, già... Diciamo che sono nei guai, siamo onesti...».

Poi guardò Nozomi, Kurebayashi e Hiroki, facendo un respiro profondo.

«È da molto tempo che mi sono allontanata da casa... Credevo che lui fosse già in un istituto... Non avrei mai pensato che sarebbe stato ancora solo in quella casa... Siete voi che state interferendo con i servizi sociali, vero? Ma perché lo state facendo?»

«Perché Kodama ti sta aspettando a casa. Ha detto che vuole continuare ad aspettare il tuo ritorno...»

Orie interruppe Nozomi: «Ma io non ho più bisogno di lui».

In quel momento, a Nozomi tornarono in mente le parole di Madarame: *La verità emerge quando si prende una decisione.*

Aver messo al mondo un figlio per poi abbandonarlo. Perché aveva preso quella decisione? Nozomi non poté fare a meno di chiederle conto.

«Perché non ne hai più bisogno?»

Orie rispose con sorprendente facilità.

«Perché Kodama è diventato mio figlio.» Era come se avesse deciso in anticipo che avrebbe risposto in quel modo. «Non ne ho bisogno. Non voglio un figlio mio.»

Poi, come stordita, iniziò un lungo monologo.

«Mio padre mi amava moltissimo, anche perché mi ha avuta in là con gli anni. Ero la sua adorata. Mi teneva sempre tra le braccia. Ricordo molto bene la sensazione del suo camice bianco che toccava le mie guance e l'odore di medicine. Mio padre era sempre vicino a me, ecco perché lo ricordo così bene. Aveva grandi aspettative. Mi ripeteva che il suo più grande desiderio era che gli succedessi e prendessi il controllo dell'ospedale in cui esercitava. Voleva che diventassi un medico, il suo braccio destro. E questo era anche il mio progetto. Non volevo sposarmi, per rimanere sempre al suo fianco. Questo era il mio sogno e il mio dovere.»

Orie parlava con naturalezza di sé, fissando il tavolo. Sembrava stesse leggendo un promemoria, un copione.

«Ma non sono intelligente. Colpa di mia madre. Il sangue di mia madre mi ha resa poco intelligente. Mio padre diceva sempre che era una donna calcolatrice, che lo aveva sedotto quando lavorava come impiegata in ospedale. Ma dopo la mia nascita, lui si era dimenticato di lei. Ecco perché lei mi odiava così tanto. Ricordo il suo sguardo carico d'odio mentre ero tra le braccia di mio padre.»

Di fronte a Orie, che parlava senza esitazione, Nozomi rabbrividì. Forse quelle parole di disprezzo per la propria madre le ricordavano qualcosa. O forse l'adorazione che provava per il padre la faceva sentire a disagio.

«È sempre stata gelosa di me. Anche quando si è impiccata sull'albero in cortile, continuava a fissarmi. Anche se era morta, continuava a guardarmi con disprezzo. Forse non è solo colpa del suo sangue se sono stupida. Forse è la sua maledizione. "Non riuscirai mai a renderlo felice", mi diceva con lo sguardo.»

Orie dava la colpa alla madre.

«Anche se ho studiato molto, sono stata bocciata agli esami e non sono riuscita a diventare medico. Anche mio padre si è arreso. Ha detto con disprezzo che ero la figlia di quella donna. Ma non era vero. Ero la figlia di mio padre. È stata quella donna a interferire e a rovinare tutto. Quella madre che è morta e mi ha maledetto.»

Nozomi si chiese se Orie avesse vissuto tutta la sua vita con quei pensieri in testa.

«A causa sua, non sono cresciuta come voleva mio padre. Ho commesso molti errori... Ma pensavo di avere ancora una possibilità. Non potevo essere all'altezza delle aspettative di mio padre, ma pensavo che se avessi avuto un figlio all'altezza delle sue aspettative, sarebbe stato felice... Per fortuna, all'epoca lavoravo in un ospedale universitario. Un ospedale con molti medici eccellenti. Tra questi, mi sono avvicinata al medico più intelligente.»

Nozomi ascoltava senza parole.

«Mi disse che aveva una moglie e che io ero solo un gioco, ma non mi importava. Non mi interessava affatto, perché l'unica cosa che volevo era avere un figlio da lui. Un figlio che mi avrebbe fatta perdonare da mio padre...»

Orie girò gli occhi in modo strano. Nozomi rimase in silenzio, aspettando il seguito del racconto.

«Così, quando ho scoperto di essere incinta di Kodama, ho fatto i salti di gioia. "Ora mio padre riuscirà ad amarmi di nuovo", pensai. Ero sicura che saremmo stati in grado di tornare a essere il padre e la figlia che eravamo un tempo.»

Nozomi era sbalordita e si chiedeva se fosse quello il vero motivo della sua decisione. "Per questo hai dato alla luce Kodama?!"

«Invece mio padre ha detto che non mi avrebbe permesso di avere un bambino da sola. Pensavo, però, che una volta nato, avrebbe capito che stavo portando in grembo un figlio per lui. Purtroppo, mio padre è morto prima che nascesse. Tuttavia, a un test di intelligenza, quando Kodama aveva un anno, mi hanno detto: "Questo bambino è un genio".»

Orie parlava estasiata, con gli occhi umidi. Ebbe un brivido di soddisfazione, come se stesse rivivendo la sensazione di felicità che aveva provato in quel momento.

Kurebayashi, con il suo solito sorriso, le chiese: «Ma perché sei arrivata a pensare che tu non abbia più bisogno di Kodama?».

A quelle parole le si spense il sorriso, e rispose freddamente: «Non ha superato l'esame di ammissione alla scuola materna. Ho pensato che potesse dipendere dal fatto che fossi una mamma single. Ma poi ha fallito anche l'esame di ammissione alle scuole elementari. È così che ho capito: Kodama è stupido come me».

"Non è vero", disse tra sé e sé Nozomi, mordendosi il labbro. "Kodama non è stupido! Tu non lo guardi con attenzione. Prende buoni voti nei test. Durante la visita a domicilio, anche l'insegnante lo ha elogiato. Ha detto che ultimamente è più rilassato. È molto gentile. Non sai niente di lui. Non capisci nulla di questo bambino perché non lo vedi nemmeno."

Tuttavia, Orie non notò la rabbia di Nozomi e continuò con voce piatta.

«Ecco perché non ho più bisogno di lui.»

Confessò di essere stata lei a chiamare i servizi sociali.

«Pensavo che sarebbe stato meglio per lui stare in istituto. Sarebbe stato difficile crescere come un bambino non desiderato...»

Orie lasciò il negozio poco prima di mezzanotte. Quando Kurebayashi le chiese se sarebbe tornata da Kodama, lei scosse la testa.

«Dove andrai?» le chiese Kurebayashi.

Orie lanciò uno sguardo diffidente e ripose: «Va bene ovunque. Non importa».

«Forse ha ragione», sussurrò Nozomi, seduta al tavolo una volta che Orie fu uscita. «Forse in istituto starebbe meglio. Sicuramente sarebbe molto meglio che avere quella donna al suo fianco come madre.»

Lo pensava davvero. "Ci sono così tanti genitori in questo mondo che avrebbero fatto meglio a non esserlo affatto!"

Ma aveva dimenticato quello che una volta Madarame le aveva detto: *Le parole sono menzognere. La verità è nelle azioni.*

E Orie aveva agito.

Era da poco passato mezzogiorno quando al negozio arrivò una telefonata: era Madarame. Quando al telefono rispose Nozomi, lui fece un enorme sospiro di sollievo.

«Nozomi-chan, meno male! Ti ho chiamata tante volte, ero preoccupato che potesse essere successo qualcosa.»

Sentendo quelle parole, Nozomi improvvisamente si ricordò del telefono.

«Oh, mi dispiace. Devo aver lasciato il cellulare a casa di Kodama. Che succede? Qual è il problema, avevi bisogno di qualcosa?»

«C'è una cosa che mi preoccupa...» rispose Madarame.

Nelle ultime ore si era aggirato qualcuno di sospetto nei pressi di casa Mizuno.

«Erano due ragazzi. Se ne sono già andati. In base alla mia esperienza, direi che sembravano investigatori privati. Ma non capisco perché qualcuno del genere stia ficcando il naso a casa di Kodama...»

Dopo la segnalazione di Madarame, Nozomi decise di tornarci per recuperare il cellulare. Sia Kurebayashi che Hiroki si preoccuparono, vista l'ora tarda, ma le permisero comunque di uscire a condizione che indossasse gli abiti di Hiroki.

«Così conciata terrai lontana la cattiva sorte!»

I modi di dire di Hiroki erano sempre un po' incomprensibili per Kurebayashi, ma questi gli spiegò con sarcasmo che con quei vestiti sembrava un uomo.

Di notte, a casa di Kodama, c'era sempre la luce accesa. Questa era una sua regola. I rimproveri di Nozomi, che gli diceva che era uno spreco di energia, non erano serviti a niente. Lui continuava a pregarla di non spegnere le luci dell'ingresso e del soggiorno.

Lo faceva per Orie.

«Se è buio, Orie-chan si sente sola», diceva Kodama, anche se lui tornava sempre in una casa buia.

Ecco perché quel giorno la luce all'ingresso era ancora accesa. Inoltre, la porta non era chiusa a chiave, e Nozomi per un attimo fu colta di sorpresa. Era stata lei l'ultima a lasciare la casa. Si era infatti precipitata fuori dopo aver ricevuto la telefonata di Madarame. Però era convinta di aver chiuso bene la porta, nonostante fosse uscita di corsa. Non era il tipo da commettere simili imprudenze.

Nozomi si guardò intorno ed entrò nell'ingresso.

Appoggiate accanto alla porta c'erano un paio di scarpe nere da donna con il cinturino. Erano le stesse scarpe che indossava Orie quando l'aveva vista.

Nozomi attraversò il corridoio buio, il soggiorno illuminato, e si diresse a passi felpati verso la stanza di Kodama.

Sentì una voce bisbigliare: «Sì... ecco...».

Riconobbe subito la voce di Orie senza nemmeno vederla. Rimasta sulla soglia aperta, vide Kodama sdraiato sul letto. Era vestito esattamente come Nozomi lo aveva lasciato, e sembrava dormire profondamente.

Accanto a lui, Orie era accovacciata, fissava Kodama e allungò la mano per sfiorare la sua guancia mentre dormiva. Ma si fermò, ritrasse la mano di scatto, come trattenendo qualcosa. «Perdonami, Kodama. Mi dispiace, mi dispiace...» continuava a ripetere come una ragazzina, stringendosi le mani.

Nozomi la osservava. Perché piangeva per un bambino di cui diceva di non aver bisogno? Perché quelle lacrime e quelle scuse a tarda notte, quando nessuno poteva sentirla?

Nozomi bussò piano, un colpo appena percettibile. A quel punto, Orie alzò lo sguardo e si voltò verso la porta. Il suo viso era bagnato di lacrime.

Nozomi portò Orie nel corridoio, chiedendole che ci facesse lì.

«Prima dici quelle cose e poi ti trovo qui? Ci sono troppe contraddizioni. È meglio che ti spieghi, altrimenti inizierò a gridare e sveglierò Kodama.»

Alla minaccia di Nozomi, Orie esitò per un momento. Poi, chinò la testa a malincuore e le disse: «D'accordo, ti spiegherò tutto... ma non svegliarlo, per favore!».

Raggiunsero il soggiorno.

«Devo lasciar andare Kodama...» disse Orie preparando il tè. Le sue mani tremavano. Nozomi la guardava con apprensione.

Quando finalmente riuscì a preparare il tè, lo offrì a Nozomi che lo accettò senza dire una parola. La finestra rifletteva il giardino di notte. Il suono degli insetti che urtavano e sbattevano contro il vetro continuava a riecheggiare.

«Come ho detto prima, ho cercato di avere un figlio per impressionare mio padre. È vero. Ma lui si è infuriato quando sono rimasta incinta.»

Orie si strinse nelle spalle. Nozomi pensò che il suo corpo reagisse al ricordo. Non era difficile da capire. Lo sapeva fin troppo bene.

«Mi ha ordinato di abortire, perché era inconcepibile avere un figlio da sola. Ha detto che ero una vergogna per la famiglia. Che non mi avrebbe mai perdonata. Ma non potevo farlo. Volevo un figlio per mio padre, ma lui si è infuriato con me per questo. Sapevo che non sarei stata una brava madre, ma volevo un bambino», confessò Orie con voce tremante. «Se avessi dato alla luce questo bambino, non sarei stata più sola.»

"Certo", pensò Nozomi.

«È una cosa egoistica, lo so bene, ma...»

"Questa persona è sempre stata sola", rifletté Nozomi.

Orie aveva ignorato le istruzioni del padre e non aveva abortito. Il padre se ne era accorto solo quando la sua pancia era già molto grande. E ovviamente era furioso. Tanto da metterle le mani addosso.

«Era un uomo all'antica. Alzare le mani faceva parte della sua disciplina. È sempre stato così, dovevo sopportare. Dovevo essere punita per aver disobbedito alla sua volontà.»

Tuttavia la violenza era dura da sopportare per il suo corpo, in quelle condizioni. Temeva per il bambino, aveva paura che suo padre potesse colpirla sulla pancia. Così era fuggita, facendo qualcosa che normalmente non avrebbe mai fatto.

«Sono scappata da mio padre. Sì, in questa stanza... Lui mi ha inseguita e mi ha afferrata per la camicetta...»

Orie guardava con sguardo assente verso la porta. Oltre, c'era il corridoio poco illuminato.

Nozomi immaginò Orie che correva tenendosi il pancione, il padre che la inseguiva e urlava: *Aspetta, Orie! Non ti perdonerò! Fermati!* gli occhi fumanti di rabbia.

«Mio padre mi ha raggiunta... ed è crollato lì, a quella porta. Si teneva il petto per il dolore e urlava: "Non ti perdonerò! Fermati!" Ed è morto...» disse Orie con voce piatta.

Il vecchio davanti agli occhi di Nozomi rimase completamente immobile.

«Mi sono sentita sollevata...» Gli occhi di Orie sembravano riflettere l'immagine di un uomo che aveva appena esalato il suo ultimo respiro. «Felice del fatto che mio padre fosse morto.»

Orie aveva un'espressione vuota.

«Era mio padre... per me era importante più di ogni altra cosa... Ma andava bene così. Avevo Kodama.»

Dopo la nascita di Kodama, Orie aveva provato un senso di felicità che non aveva mai provato prima.

«Kodama è un bravo bambino... Dicono che sono una madre stupida, ma lui è una benedizione. È stato il primo di tutti i bambini intorno a lui a togliersi il pannolino e ha imparato a parlare prestissimo. Come ho già detto, al test di intelligenza avevano concluso che era un genio. Ma non era diverso dagli altri bambini, giocava con tutti... Soprattutto, è sempre stato molto, molto gentile. Quando un bambino piangeva, lui se ne accorgeva per primo. E poi, più di ogni altra cosa, mi rendeva felice...»

Ripensando a quei momenti, Orie aveva le lacrime agli occhi.

«Kodama è davvero un bravo bambino. È un bambino buono e gentile, che mi ha permesso di diventare madre.»

"Il suo sogno era essere una *madre gentile.*" Nozomi ricordò le sue parole sul quaderno delle elementari. "Quello era il suo vero sogno. Non il medico, come desiderava il padre, né l'infermiera come ripiego... Ecco chi voleva essere veramente."

«Ma ci sono momenti in cui finisco la pazienza e alzo le mani.»

Nozomi sussultò davanti a quella confessione di Orie.

«Rispetto ad altri bambini è molto più tranquillo, ma quando fa un piccolo errore perdo le staffe e gli urlo contro perché non può... È come se mio padre fosse in me.»

La voce di un uomo sconosciuto risuonò nelle orecchie di Nozomi: *Non ti perdonerò, Orie, non ti perdonerò...*

«Mi sembra che mio padre si vendichi, perché l'ho lasciato morire...»

Non ti perdonerò, Orie, non ti perdonerò, ripeteva la voce.

«Quando succede questo, devo tenere lontano Kodama da me... Così ho dovuto lasciare la casa finché non mi sono ripresa e ho fatto stare Kodama fuori la notte.» Orie parlava fissando Nozomi con sguardo assente. I suoi occhi vuoti sembravano perle di vetro.

«Ma tu poi sei venuta a casa nostra...»

Nozomi non riusciva a cogliere il significato di quelle parole.

«Hai detto che Kodama aveva rubato...» aggiunse Orie.

Nozomi capì. In effetti, la prima volta che era andata in quella casa era stato perché Kodama aveva rubato il pane dalla Boulangerie Kurebayashi.

Orie sospirò e sussurrò: «Rubare è sbagliato. Kodama non doveva farlo. Non deve. Non deve fare le stesse cose che faccio io».

Orie continuò con voce tremante: «Rubare è la mia malattia... Anche mio padre diceva: "Non sei brava, per questo rubi". Ho provato a curarla, ma non sono riuscita a guarire. Mio padre mi picchiava, ma non potevo farci niente. Si è arreso. Diceva che con me non c'era nulla da fare: ero irrecuperabile. Ma Kodama... Kodama non deve fare come me. Ha rubato il pane, per questo...»

Nozomi completò la frase: «...l'hai picchiato».

Orie annuì tremando.

«Non volevo, ma l'ho fatto... ho alzato la mano come se fosse in fiamme... Quando mi sono ripresa, il suo volto era gonfio... Poi ci ho pensato. Ho capito quale fosse la cosa migliore da fare... E ho deciso.»

Nozomi ricordò le parole di Madarame: *La verità emerge quando si prende una decisione.*

"Aver dato alla luce un figlio per poi abbandonarlo. Perché hai preso quella decisione?" Nozomi era in trepidante attesa della risposta.

«Allontanare le mie mani da Kodama. Allontanarmi da lui. Era l'unica cosa buona che potessi fare», disse Orie con un profondo sospiro.

"Era questa la decisione di una *madre gentile*", pensò Nozomi.

***

Alla Boulangerie Kurebayashi si svolgevano come sempre le appassionate lezioni di Hiroki.

«Posiziona la coppa dell'impasto al centro. È l'ultimo passaggio prima della cottura», stava spiegando a Kurebayashi, in piedi davanti al tavolo in cucina. Hiroki gli mostrò il coltello che teneva in mano.

«L'angolo è di settanta gradi. Inclina il coltello e taglia. Il polso fermo, non attorcigliato. Non ruotarlo: tienilo dritto. Esegui il taglio in una volta sola, senza esitazioni o sprechi.»

Mentre spiegava, Hiroki metteva una dopo l'altra le coppe delle baguette allineate sul tavolo. Incideva l'impasto con decisione. Non c'erano spreco o esitazione nei suoi movimenti.

«Questo determina l'aspetto del pane. Ecco perché si dice che lo staglio è il biglietto da visita del panificio. Un taglio perfetto è fondamentale.»

«Ho capito», disse Kurebayashi, seguendo le indicazioni di Hiroki. Cercava di imitarne i gesti, ma il suo polso era piegato e l'angolo sbagliato. Hiroki lo trovava goffo. Era lento e impacciato nei movimenti. Non aveva leggerezza né eleganza.

Hiroki si chiese se Miwako si fosse innamorata di lui per quello. E sentì la distanza tra loro.

Hiroki credeva che il pane fosse un'entità perfetta.

«Si ottiene con la formula perfetta, la procedura perfetta, la tecnica perfetta. Anche le persone sono un po' così. Si mescolano con gli altri, cambiano forma, maturano e diventano entità a sé stanti. Ma la perfezione non è necessaria per le persone. Le persone amano le imperfezioni, per questo sono creature insidiose.»

Miwako lo diceva spesso.

«Yōsuke è goffo, insicuro. Dubita sempre di sé stesso. Per questo voglio credere in lui. Voglio che sappia che sono dalla sua parte.»

Probabilmente si trattava di un lato di Miwako che Kurebayashi non conosceva. Hiroki non glielo avrebbe mai detto.

Ovviamente non aveva alcuna intenzione di insegnare nulla a Kurebayashi.

Ricordò il passato e scrollò le spalle. Miwako, tra l'altro, era stata incredibilmente insensibile nei suoi riguardi. Non si era mai resa conto di quello che provava Hiroki, e lo prendeva sempre in giro.

O forse faceva semplicemente finta di non accorgersene.

«Nozomi-chan non è ancora tornata a casa?» domandò Kurebayashi mentre tendeva il coltello da taglio per la baguette.

Hiroki schioccò la lingua. Doveva concentrarsi. La concentrazione è fondamentale nella preparazione e nel taglio del pane.

«Non pensare a Nozomi quando fai il pane e devi fare il taglio. Pensa solo al pane che hai davanti.»

Nonostante le sue parole, Hiroki guardò l'orologio. Era tardi. Le lancette dell'orologio avevano superato da tempo la mezzanotte. Poi inclinò la testa chiedendosi se quella sfacciata liceale se ne fosse minimamente preoccupata. Kurebayashi aveva ragione: era ora di tornare a casa.

"Cosa le sarà successo?" pensò Hiroki, interrompendo la sua concentrazione sul pane.

In lontananza si sentì il gracchiare dei corvi. Era inquietante a quell'ora di notte.

Con questo pensiero in testa, Hiroki guardò dietro la vetrata del negozio e la vide.

«Stai bene, Nozomi-chan?»

Di nuovo si sentì il rumoroso gracchiare dei corvi nella notte buia. In un certo senso, un brutto presagio.

Il giorno dopo Kodama sparì.

6.
CUISSON AVEC BUÉE

Il destino era una cosa a cui Yōsuke Kurebayashi aveva pensato molto, ultimamente. Forse per via di Hiroki, che lo menzionava sempre parlando di Miwako: «La donna del mio destino». Hiroki la chiamava così.

Era stato così fin dal loro primo incontro e non sembrava una cosa destinata a cambiare. All'inizio pensava fosse sconsiderato chiamare la moglie di un altro uomo la donna del proprio destino, ma ora lo sapeva. I pensieri delle persone sono sconsiderati. Sconsiderati, arroganti ed egoisti. Kurebayashi pensava che anche lui fosse così. Era sconsiderato e prepotente. E, soprattutto, era stato profondamente egoista. Non era stato un buon marito né un buon compagno di vita. Da questa consapevolezza gli derivava un incrollabile senso di colpa. Tuttavia, era anche convinto del fatto che, per quante volte avesse potuto ricominciare, probabilmente avrebbe commesso gli stessi errori. Era il destino.

E guardando indietro, in effetti, il destino aveva governato la sua vita. Un vento che nulla aveva a che fare con la propria volontà aveva soffiato violento e deciso, spingendolo con una forza irresistibile. C'erano state diverse strane coincidenze, casuali e inevitabili al tempo stesso, in cui questo vento aveva soffiato.

La prima che ricordava era accaduta a diciannove anni. Durante le vacanze di primavera del secondo anno di università, Kurebayashi era andato all'estero con alcuni amici.

Lo scopo era quello di girare l'Asia zaino in spalla, il che era più di quanto potessero permettersi. Un viaggio avventuroso e libero. C'era un certo slancio tra i giovani di quell'epoca nel conoscere altri paesi, oltre al Giappone. In un certo senso, era stato un periodo privilegiato. O forse Kurebayashi era stato uno studente privilegiato.

In Vietnam, dopo aver raggiunto Hanoi in aereo, avrebbero proseguito via terra. Avrebbero attraversato il paese fino a Ho Chi Minh City, per poi approdare in Cambogia. Kurebayashi e i suoi amici desideravano vedere le rovine di Angkor Wat. Da lì, dovevano attraversare la Thailandia, viaggiando verso sud, per poi entrare a Singapore e infine tornare in Giappone in aereo da Kuala Lumpur. Questo era il piano, ma erano anche d'accordo a modificare l'itinerario, se avessero cambiato idea una volta in loco. Questo perché all'interno del gruppo c'era la consapevolezza che un viaggio privo di libertà e indipendenza sarebbe stato solo una perdita di tempo. E in effetti, alcuni dei compagni di viaggio si unirono ad altri viaggiatori cambiando rotta verso l'India, mentre altri rimasero in Cambogia, innamorati delle ragazze locali.

Kurebayashi fin dall'inizio non aveva alcuna intenzione di cambiare itinerario, e neppure aveva un particolare desiderio di partire. Non era stato lui a organizzare il viaggio. Era stato Tanaka, un suo compagno, a proporgli di unirsi a loro. E non trovando alcun motivo per rifiutare, aveva deciso di andare.

Fu lì che il vento soffiò.

Erano circa a metà viaggio. Dopo Angkor Wat, decisero di andare in autostop a Phnom Penh, la capitale. Tuttavia, erano pochi gli autisti a parlare inglese, e Kurebayashi e i suoi amici furono scaricati da decine di auto. Dopo quattro ore di ricerche, si fermò un camion diretto a Phnom Penh. L'autista derise i loro tentativi audaci, definendoli sconsiderati.

«Sono pochissime le persone che parlano inglese, qui. Le

persone istruite sono state massacrate», disse con fare disinvolto. Quando Kurebayashi gli fece presente che lui parlava un ottimo inglese, l'uomo sogghignò: «Sono un bugiardo: sono state uccise tutte le persone oneste».

L'uomo permise loro di salire sul retro del camion. Le vibrazioni all'interno del veicolo erano molto forti, mentre percorreva strade di montagna e rurali. Quasi tutti cominciarono a soffrire il mal d'auto e finirono per addormentarsi in un angolo del pianale di carico. Solo Kurebayashi e Tanaka rimasero svegli; quindi, furono gli unici a essere colpiti da quel vento.

Poteva essere una semplice coincidenza, oppure il destino.

Il camion stava attraversando una zona rurale. C'era un piccolo villaggio dove si potevano vedere ragazzini giocare per strada. Correvano calciando barattoli sulla terra desolata. Uno dei ragazzini notò il camion e smise di giocare. Tanaka salutò il bambino, che ricambiò. Non poteva vedere bene la sua espressione, data la distanza, ma sembrava stesse sorridendo.

Fu in quel momento che la terra tremò e un vento tiepido soffiò su Kurebayashi e Tanaka. Un fumo nero si alzò vicino al ragazzino, che fu sbalzato via. Non ci volle molto per capire che aveva calpestato una mina. Tanaka urlò all'autista di fermarsi.

«Credo che un bambino abbia calpestato una mina antiuomo! Per favore, si fermi! Fermaaa!»

Kurebayashi continuava a guardare la scena, non riusciva a distogliere lo sguardo.

Gli adulti del villaggio, che avevano sentito l'esplosione, iniziarono a radunarsi lì. Tuttavia, la maggior parte di loro osservava da lontano, perché avevano paura di altre mine. Una donna corse verso il luogo dell'esplosione, urlando. Poi si inginocchiò e cominciò a raccogliere tutto ciò che cadeva a terra.

«Che diavolo succede? Chi è quella donna...?» chiese Tanaka.

«La madre del bambino», rispose Kurebayashi con un filo di voce.

Probabilmente stava raccogliendo ciò che era rimasto di suo figlio, saltato in aria. Le urla erano lamenti e il vento caldo era dovuto all'esplosione. Più volte Tanaka aveva gridato all'autista di fermarsi, ma non lo aveva fatto. Gli eventi si erano svolti sotto i loro occhi come la scena di un film, mentre seduti sul retro del camion si allontanavano da quel luogo.

«Perché non si è fermato? Non ha visto l'esplosione?» Quando Tanaka si rivolse all'autista dopo l'arrivo a Phnom Penh, questi si limitò a rispondere: «Capita spesso, non si preoccupi». Poi chiese una tariffa esorbitante, prese i soldi e se ne andò.

Il resto del viaggio proseguì liscio.

Né Kurebayashi né Tanaka parlarono mai dell'accaduto. Forse per questo, ogni tanto, Kurebayashi pensava che fosse stato un sogno.

Al terzo anno di università, al seminario di diritto internazionale, capì che era realtà.

Il professore era ben informato sulle questioni dei rifugiati e sul movimento per l'abolizione delle mine antiuomo.

Anche Tanaka era allo stesso seminario. Si guardarono e sorrisero. La pensavano allo stesso modo.

Kurebayashi era sollevato. Credeva che la sua reazione fosse stata eccessiva. Ma quando si rese conto che anche per Tanaka era stato lo stesso, si tranquillizzò.

Dopo aver visto una scena del genere, non potevano più rimanere indifferenti.

Dopo quel seminario, con l'aiuto del professore, Tanaka iniziò a viaggiare all'estero. Kurebayashi, invece, si impegnò in Giappone, lavorando a malincuore come assistente docente. Per esempio, mentre Tanaka partecipava alle attività di sminamento, Kurebayashi raccoglieva materiale per le riunioni del professore e scriveva i discorsi.

«Attivismo di base e lavoro burocratico», li definiva Tanaka.

«Entrambi sono necessari. L'importante è che riconosciamo l'uno il lavoro dell'altro. Non importa chi di noi salva una vita. Sarò grato di qualsiasi cosa la possa salvare anche indirettamente.»

Tuttavia, c'era chi lanciava parole al vetriolo contro Tanaka.

«Non sei che un moralista! Sono sicura che vorrai candidarti alle prossime elezioni, non è vero?» fece Miwako. Anche lei era studentessa dello stesso seminario, responsabile del gruppo di Kurebayashi.

Sferrò quell'attacco a Tanaka all'inizio di un meeting. In seguito, rivelò a Kurebayashi che era infuriata perché Tanaka l'aveva costretta a fare da moderatrice. Tuttavia, non riusciva a capire il suo stato d'animo, e pensò che fosse un po' maleducata. A quel tempo Miwako era un po' strana, si faceva notare per i modi diretti e incostanti, non solo al seminario, ma anche in facoltà.

Trascorreva la maggior parte del tempo da sola, ascoltando musica con le cuffie. In pratica, si isolava dal mondo. Perciò, quando gli altri le rivolgevano la parola, li ignorava. E quando rispondeva, il suo atteggiamento era brusco. Sembrava avere una dieta fissa a base di pane, che sbocconcellava sempre: a lezione, sui mezzi pubblici, in mensa, ovunque.

Soprattutto, non aveva l'aria di una studentessa interessata a un seminario di diritto internazionale.

Infatti, era stato un ripiego: respinta all'esame di ammissione per un altro seminario, non ebbe altra scelta che iscriversi a questo. Il seminario di diritto internazionale non godeva di enorme popolarità tra gli studenti che volevano godersi la vita, in quanto era piuttosto duro, aveva la frequenza obbligatoria e criteri di valutazione parecchio rigidi.

Forse perché era entrata nel seminario controvoglia, Miwako esprimeva spesso opinioni forti durante le lezioni.

«Qual è il problema dei rifugiati? Cos'è il movimento per l'abolizione delle mine antiuomo? Cos'è la cooperazione internazionale? L'economia giapponese già verte in pessime condizioni, come possiamo preoccuparci degli altri paesi?»

Per queste uscite schiette, i suoi compagni non la sopportavano.

«Che senso ha parlare di sicurezza sociale nei paesi in via di sviluppo? Se avete il tempo di pensare a un programma del genere, dovreste prima analizzare i rischi delle misure di allentamento monetario del Giappone. Altrimenti, quello che Tanaka sta facendo è il gioco ipocrita di un borghese benestante.»

Tanaka rimase in silenzio davanti a questa osservazione: in effetti, era di una classe sociale privilegiata. Suo padre era un senatore di seconda generazione, che aveva ereditato il terreno del nonno, e lui era un giovane che viveva in una delle case del padre. Ma non era corretto attaccarlo per questo motivo. Kurebayashi rimproverò Miwako, ma lei se la rise sprezzante.

«Lasciatemelo dire: solo perché questo è un paese pacifico, non significa che tutti vivono felici. Anche qui ci sono molti campi di battaglia. E se non riuscite a vederli, è perché siete dalla parte dei vincitori che tutelano i propri privilegi acquisiti.»

Fu durante le vacanze primaverili del suo terzo anno di università che Miwako, la stramba, e Kurebayashi, il cocco del professore, si avvicinarono.

Il professore, infatti, ordinò a Kurebayashi di accompagnarlo a una conferenza a Parigi, e con l'occasione poté visitare anche la città. La conferenza cominciò il giorno dopo il loro arrivo, e Kurebayashi accompagnò il professore a tutti gli incontri, per prendere appunti. Dopo tre giorni, il professore gli disse inaspettatamente di essere stato invitato da un suo vecchio amico in Belgio e che sarebbe andato a trovarlo. Sarebbe partito da solo e sarebbe tornato due giorni dopo.

«Goditi Parigi: in primavera è bellissima!»

Kurebayashi rimase perplesso da quel cambiamento improvviso. Avrebbe avuto delle giornate libere da trascorrere in città. Decise di fare un giro turistico, pensò alla Torre Eiffel, anche se non gli suscitava un grandissimo interesse. Come per la Cambogia.

E ancora una volta il destino bussò.

Kurebayashi era tra la folla, davanti alla torre d'acciaio che si stagliava sul cielo azzurro, quando si imbatté in un giovane che correva verso di lui. L'uomo gli intimò di togliersi di mezzo, e un istante dopo si udì un grido provenire da dietro.

«Al ladro!» sentì urlare in giapponese.

Sentendo quelle parole, Kurebayashi si voltò a guardare l'uomo, che in fretta e furia scappava tra ondate di persone. Così iniziò a inseguirlo.

L'uomo correva velocemente e Kurebayashi non riuscì a colmare la distanza. Tuttavia, continuò a inseguirlo gridando: «Al ladro! Fermati, ladro!» nel suo francese stentato. Sulla strada principale, l'uomo gli lanciò la pochette che aveva in mano. Kurebayashi la raccolse e ne controllò il contenuto. All'interno c'erano passaporto, contanti e travellers cheques. Non lo aveva catturato, ma almeno aveva recuperato gli effetti personali della sua connazionale.

Kurebayashi controllò il passaporto nella pochette, pensando di consegnarlo all'ambasciata.

«Eh?» Rimase a fissarlo.

Sul passaporto c'erano il nome e la fotografia di Miwako.

All'ambasciata, gli occhi di lei si spalancarono nel riconoscere Kurebayashi.

In base a quanto gli aveva raccontato Miwako, era venuta a Parigi per recuperare le ceneri di suo padre.

«Ha vissuto all'estero per molti anni e qui aveva una donna. È morto a casa sua cinque anni fa. Il suo corpo è stato cremato e le sue ceneri sono state conservate finora. Mia madre ha detto che non erano più affari suoi. Così non ho avuto altra scelta che venire da sola.»

Miwako raccontava e sbocconcellava pane in riva al fiume. Per inciso, anche Kurebayashi stava mangiando una baguette. Gliel'aveva data Miwako come ringraziamento.

«Ti piace molto il pane, vero?»

Miwako annuì.

«Lo adoro. Il pane è un cibo democratico. Semplice e versatile: si può mangiare per strada, al parco, ovunque. Anche se non hai un tavolo dove sederti, anche se non hai nessuno accanto a te, puoi morderlo e godertelo. Il buon pane ha lo stesso sapore per tutti.»

In base a quanto gli aveva raccontato, da qualche tempo la famiglia di Miwako le dava soldi al posto del cibo. La madre le diceva di comprare qualcosa ai grandi magazzini, ma lei comprava il pane vicino casa.

«In quella panetteria la gente compra solo per sé. Questo mi faceva sentire meglio. Era come se avessi trovato un amico, qualcuno come me. Non avevo più la sensazione di essere sola.»

La famiglia di Miwako si trovava in una situazione complicata da parecchio tempo. I suoi genitori vivevano separati da sempre. Suo fratello, che aveva smesso di frequentare la scuola, era stato coinvolto in episodi violenti in famiglia.

«Guerra Fredda e attentati suicidi. A casa mia è sempre stato così: un campo di battaglia», spiegò. Poi aggiunse: «Non raccontare quello che ti sto dicendo. Sono sicura che gli altri mi prenderebbero in giro per aver paragonato la mia casa a un campo di battaglia. Perché in questo paese non si può parlare di certe cose, per quanto siano difficili o dolorose. Se piagnucoli ti danno del debole, e se ti lamenti, ti danno del prepotente».

Dopo quell'incontro casuale, Miwako iniziò a seguirlo nei giri turistici, ad accompagnarlo nelle passeggiate lungo la

Senna o al mercato delle pulci. Kurebayashi non capiva bene perché lei si fosse tanto affezionata a lui dopo quella volta.

Da allora, Miwako si tolse gli auricolari dalle orecchie e iniziò a parlare con gli altri. Cominciò a ridere più spesso, a raccontare barzellette e a essere meno cupa. E alla fine, lei e Kurebayashi finirono per innamorarsi.

Ancora oggi Kurebayashi non capiva come fosse successo. Dopotutto, non aveva molta dimestichezza con le sottigliezze degli uomini e delle donne o, per meglio dire, con le emozioni. Era sempre stato così.

«Quando ero bambino, venivo sgridato perché non capivo i sentimenti degli altri e non andavo d'accordo con tutti. Alle elementari, scappavo spesso da scuola, mi sono calmato alle medie. A dire il vero, ancora non capisco i sentimenti delle persone, quindi sorrido sempre, per dissimulare. A volte mi chiedo se io abbia un cuore», confessò a Miwako poco dopo l'inizio della loro frequentazione.

Lei posò il mento sul petto di Kurebayashi e gli chiese: «Allora, che tipo di sensazioni provi ora che dormiamo nudi in questo letto?».

Kurebayashi rimuginò su quelle parole, diventò un po' nervoso.

Miwako notò l'espressione di Kurebayashi e sorrise.

«Non importa, anche se non hai cuore. Ti darò la metà del mio.»

Poi, con un pennarello indelebile, disegnò un cuore sul petto di Kurebayashi. Lui fece una smorfia dicendo che l'inchiostro puzzava, lei ribatté dicendo che era l'amore a puzzare. Kurebayashi rise e le disse che era una persona carina. Poi Miwako aggiunse: «Questo è per ringraziarti, Yōsuke, per avermi salvato a Parigi. Per favore, usa la metà del mio cuore come desideri».

Kurebayashi fissò intensamente il disegno del cuore sul suo petto.

Dopo la laurea, Kurebayashi trovò lavoro in un *think tank*. Miwako, invece, iniziò un part time come insegnante in una scuola elementare e, quando ebbe abbastanza soldi, prese a viaggiare all'estero per vedere modi di vivere diversi.

Tanaka frequentò un master in economia dello sviluppo a New York. Dopo sostenne l'esame di ammissione delle Nazioni Unite, superandolo a pieni voti e iniziando così a lavorare per l'ONU. Dopo quel viaggio in Cambogia, non solo aveva partecipato ad attività per la rimozione delle mine antiuomo, ma aveva anche visitato i campi profughi e diverse zone di conflitto.

«Non sono sicuro di poter fare qualcosa, ma credo sia meglio che non fare nulla.»

Kurebayashi pensava che qualunque cosa Tanaka facesse, probabilmente il mondo non sarebbe mai cambiato.

"Come le mine antiuomo: non sono scomparse, nonostante Tanaka vi abbia dedicato gran parte del suo tempo. Lo stesso vale per la guerra e la povertà. Continuano a ripetersi, come in un tiro alla fune. Ogni volta che da qualche parte c'è un successo, in un'altra ci sono conflitti e miseria. Soprattutto, la guerra e la povertà sono un mercato. Finché c'è una classe di persone che si arricchisce grazie a esse, il sistema rimarrà uguale."

Tuttavia, l'idea di Tanaka creò un leggero strattone nel cuore di Kurebayashi: *meglio che non fare nulla...* Anche Kurebayashi in fondo ci credeva, ma non poteva agire come Tanaka. Uno dei motivi era che i suoi genitori volevano che trovasse un lavoro in Giappone. Poi non era uno studente così attivo, né particolarmente brillante. Inoltre, aveva davanti a sé un futuro con Miwako: avere una famiglia e una vita normale non era affatto una brutta idea.

Dopo un anno di lavoro in azienda, Kurebayashi fu trasferito in Sri Lanka. Ripensandoci, anche in quel caso fu il destino.

Sentì di nuovo quel vento.

La campagna dello Sri Lanka era disseminata di cicatrici della guerra civile. Un foro di proiettile in una casa. Una madre senza un figlio. Un bambino orfano. Sulla strada soffiava spesso un vento caldo misto a polvere. Ogni volta che Kurebayashi era esposto a quel vento, si riaffacciava prepotente il ricordo dell'esplosione. Il fumo nero nel cielo. I lamenti della madre. Le grida di Tanaka.

Alla fine, decise di dimettersi dall'azienda dopo aver lavorato in Sri Lanka per due anni e mezzo. In seguito, si iscrisse a un master della Columbia Graduate School of Economics. Su consiglio del suo professore, entrò nell'ufficio di New York di un'agenzia americana.

Dopo aver lavorato lì per circa due anni, Tanaka gli propose di fare un tentativo alle Nazioni Unite. C'era un posto vacante presso l'ufficio di presidenza, così gli chiese se volesse provare a fare domanda. Gli aveva detto: «Potrebbe non essere il posto migliore per la tua carriera ma, se ottieni buoni risultati, il tuo mandato durerà».

Kurebayashi era davanti a Ground Zero quando aveva ricevuto la chiamata. Era una giornata di metà estate e dall'altra parte dell'edificio soffiava un vento caldo. Forse fu per questo che disse che l'avrebbe fatto, ma senza volerlo. Decise di entrare nelle Nazioni Unite. Riferì tutto a Miwako a cose concluse. Miwako sorrise, dicendo di essere felice per lui.

Kurebayashi credette sinceramente che fosse così. Non c'era problema. Era la metà del suo cuore a dirglielo. In seguito si sposarono, ma trascorsero pochissimo tempo insieme. Lui era per gran parte dell'anno all'estero e tornava in Giappone solo per una decina di giorni.

«Potete davvero dire di essere una coppia sposata, tu e Miwako?» I suoi genitori glielo ripetevano spesso.

Tuttavia, lei non si lamentava mai.

Passò un anno, ne passò un altro e il loro matrimonio sconnesso continuava.

Miwako aveva trovato la sua strada nella panificazione e Kurebayashi pensava che sarebbe andata bene così.

Spegnere le fiamme della guerra: Kurebayashi stava dedicando tutto il suo tempo a questo. Ma per quanto si dedicasse, le fiamme della guerra non si spegnevano. Proprio quando il fuoco sembrava essersi spento da una parte, si diffondeva da un'altra. Come acqua nel deserto, Kurebayashi volava intorno alla zona del conflitto. Lo faceva perché, anche se inutile, era meglio che stare in disparte a guardare. Ma doveva crederci, altrimenti non ce l'avrebbe fatta.

"Pensavo di essere io a inseguire le fiamme della guerra, ma quando esattamente furono loro a iniziare a inseguire me? Devo spegnere quell'incendio. Devo spegnere quell'incendio. O sarò inghiottito dal fuoco."

«Sto pensando di aprire una panetteria.»

Quando Miwako iniziò a dirlo, Kurebayashi pensò che era una buona idea. Avevano entrambi più di trentacinque anni e ormai era convinto che quello fosse il loro modo di vivere.

Però il vento soffiò contro Miwako. Un vento senza pietà.

Il vento doveva essere tiepido. Miwako guardava il cielo azzurro con la brezza sulle guance. Invece era un vento forte, carico del calore di un tifone. Un feroce ruggito si stava gradualmente avvicinando.

Poi il vento puntò le sue zanne crudeli su Miwako, che stava guardando il cielo, e la inghiottì quasi subito. Probabilmente non ebbe nemmeno il tempo di urlare. Proprio come quel ragazzino sulla mina in Cambogia.

Sul letto nella stanza dove splendeva la luce del sole di mezzogiorno, Kurebayashi saltò in piedi con un urlo silenzioso. Dalla morte di Miwako, si svegliava ogni giorno con gli incubi. Sognava la morte della moglie e la scena coincideva sempre con l'esplosione della mina.

Dopo essersi asciugato il sudore dalla fronte e aver ripreso fiato, si guardò intorno, tornando lentamente alla realtà.

"Questo è il Giappone, questa è la mia stanza."

Non riusciva a stare nella casa in cui viveva Miwako, così aveva deciso di prendere in affitto un altro appartamento.

La stanza era spoglia e fredda, ma Kurebayashi pensava

che fosse adatta a lui. Vuota, come lui. Un involucro senza contenuto.

Da quando Miwako era morta, tutto quello che c'era nella mente di Kurebayashi era scomparso. Pensava fosse naturale.

"Miwako era il mio cuore."

Così, ora viveva solo per proteggere ciò che Miwako aveva lasciato: il forno-pasticceria che voleva aprire con Hiroki.

Questo includeva anche Nozomi, che si era presentata sostenendo di essere la sorellastra di Miwako.

Non riusciva a capire perché Miwako l'avesse accettata, scrivendole una lettera di supporto. Il padre, morto vent'anni prima, non poteva in alcun modo essere il genitore della diciassettenne Nozomi, ma Miwako aveva lo stesso deciso di aiutarla e Kurebayashi voleva in cuor suo portare avanti quella sua ultima volontà.

Lei e Nozomi erano simili, in qualche modo. Avevano lo stesso sguardo di odio verso il mondo, intolleranti delle ingiustizie. Si assomigliavano nell'essere vulnerabili, non abituate alla gentilezza.

Kurebayashi era convinto che Nozomi avesse soltanto bisogno di acquistare fiducia nella vita, e avrebbe imparato ad allentare la guardia verso gli altri. Proprio come un pulcino appena uscito dall'uovo, che presume che la prima creatura in movimento che vede sia il suo genitore.

Con questi pensieri in testa, Kurebayashi impastava il pane.

Hiroki lo rimproverò severamente.

«Concentrati sul pane! Sei troppo distratto, Kure-san. Già sei maldestro...»

Kurebayashi era davvero un pessimo panettiere. Nonostante ciò, credeva fermamente che il panificio fosse l'unico posto per lui.

«Capisco quello che provi, ma non credo che Miwako avrebbe voluto questo...» Tanaka, che era a conoscenza della situazione, lo chiamava di tanto in tanto per cercare di fargli cambiare idea. «Non credi che abbandonare ciò che hai costruito, significhi tradire Miwako, che ti ha sostenuto in tutti questi anni? Si sta per liberare un posto da segretario in Kosovo. Sei disposto a tornare?»

Kurebayashi non capiva. Non era nemmeno riuscito a proteggere Miwako, chi mai avrebbe potuto salvare?

Ogni volta che Tanaka cercava di convincerlo a cambiare idea, Kurebayashi sentiva che non c'era altro che potesse fare.

"Dopotutto, il mio cuore, la mia metà, ora non c'è più."

***

Orie-chan. Mi dispiace, addio.

Kodama aveva lasciato la lettera a casa ed era scomparso. Quando Orie se ne accorse, andò alla Boulangerie Kurebayashi. All'alba, subito dopo la chiusura, apparve all'improvviso.

«Kodama è qui?» chiese non appena Nozomi aprì la porta. Era sul punto di scoppiare in lacrime, e alzò la voce. Quando Kurebayashi e Hiroki sentirono, uscirono dalla cucina e chiesero cosa c'era che non andasse; a quel punto, Orie crollò in ginocchio e cominciò a singhiozzare.

«Cosa faccio? Se succede qualcosa a quel bambino, io...»

Kurebayashi, incapace di sopportare quella vista, la fece sedere a un tavolino. Orie tirò fuori il foglietto dalla tasca e glielo mostrò.

Le lettere scritte sopra erano leggermente distorte. Nozomi guardando il foglietto trasalì. Anche Hiroki, accanto a lei, aveva un'espressione cupa in volto. Non si notarono grossi cambiamenti in Kurebayashi, che però sollevò gli occhiali, chiedendo: «Quando è scomparso?».

Kodama non si vedeva dalla sera prima. Orie sapeva che era andato a scuola, ma non era riuscita a scoprire dove fosse stato dopo.

«All'inizio ho pensato che fosse stato trattenuto a lezione, ma mi hanno detto che non fanno queste cose... Ho provato a chiamare anche una mia amica... Ma non si trova da nessuna parte... Non so che fare...»

Così Nozomi e gli altri decisero di separarsi per andarlo a cercare, e iniziarono a girare diversi posti per capire dove potesse essere. Il percorso dal negozio a casa. Tra i cespugli lungo la *greenway*. Sotto la panchina nel vicolo sul retro. Sullo scivolo nel parco. Tra le ombre dei pilastri degli edifici commerciali. Tuttavia, Kodama non si vedeva da nessuna parte e dopo circa un'ora tornarono tutti al panificio.

A quel punto, decisero di contattare Madarame per sapere se avesse visto qualcosa, ma neanche lui aveva notizie.

«Uhm... Non è possibile che sia andato a trovare qualche parente?»

Orie scosse debolmente la testa.

«No... non ho parenti qui...»

«Se non sei riuscita a trovarlo dopo una notte di ricerche, meglio denunciarne la scomparsa», propose Hiroki.

Poco dopo squillò il cellulare di Nozomi. Nonostante si trattasse di numero di telefono sconosciuto, rispose senza esitazione: «Kodama! Kodama, sei tu?».

All'altro capo del telefono, Kodama esclamò: «Wow, Nozomi, come hai fatto a riconoscermi?».

«Kodama, dove sei ora? Non sei tornato a casa?»

«Sì, sono a casa di mio padre!»

Lo disse con una tale semplicità che Nozomi non poté fare a meno di ripetere le sue parole: «Sei a casa di tuo padre?».

Orie, in piedi accanto a lei, si irrigidì di colpo. I suoi occhi si spalancarono e strinse le labbra. Il suo volto impallidì e apparve un'espressione di paura. Vedendola così, Nozomi pensò: "È come l'altro giorno. È come se stesse guardando il fantasma di suo padre morto".

Kodama, inconsapevole dello stato di Orie, continuò allegramente: «Sì, sono qui e papà vuole conoscervi, Nozomi-chan!».

«Conoscerci...?»
«Sì. Volete venire qui?»

In base a quello che aveva detto Orie, il padre di Kodama era un ottimo medico. Un ottimo medico e un uomo sposato, che aveva chiarito a Orie che il loro era solo un gioco.

Nozomi e gli altri salirono sul furgoncino del panificio per dirigersi verso l'indirizzo fornito da Kodama. Era all'ultimo piano di un grattacielo sul lungomare, e le ampie finestre del soggiorno offrivano una vista panoramica della baia di Tokyo.

«Sono disposto ad accogliere Kodama.»

L'uomo che sosteneva di essere il padre fece sedere Nozomi e gli altri sul divano del soggiorno. Sembrava molto più giovane di quanto Orie avesse raccontato. Doveva avere qualche anno in più di Kurebayashi, ma sembravano quasi coetanei. La sua pelle abbronzata era tesa e lucida. Incuteva un certo timore, come chi si è indurito per evitare le difficoltà della vita.

«Sono troppo preoccupato per lasciare ancora mio figlio alle sue cure.»

Con un sorriso superficiale, l'uomo disse una cosa certamente ragionevole. Lasciare Kodama con Orie era preoccupante anche per Nozomi.

«All'inizio avevo qualche dubbio su di lei. Era un tipo instabile, ma non pensavo che sarebbe arrivata a tanto. A una rapida indagine, sono emerse notizie terribili. Due anni fa è stata detenuta per furto. Vizio che pare non abbia perso, oltre la tendenza all'abbandono. Non posso più lasciarlo solo, per questo l'ho portato qui con me.»

L'uomo guardò Kodama, seduto accanto a lui. Kodama fece un sorriso preoccupato e annuì.

In questo susseguirsi di eventi, Nozomi provò un forte senso di disagio.

"Che cos'è questa brutta sensazione? E perché Kodama sembra strano?"

Forse voleva solo essere rispettoso verso il padre, ma Nozomi era convinta che non fosse quella la cosa brutta. O meglio, l'atteggiamento di Kodama era strano, ma quell'uomo lo era di più.

«Le persone che non sono in grado di crescere figli non sono qualificate per essere genitori. Puoi dare alla luce tutti i bambini che vuoi, ma se non te ne occupi con cura, non sei diverso da un cane o un gatto. Anzi, forse un cane o un gatto sono più stabili.»

Quello che diceva l'uomo non era sbagliato. Orie non era certamente una brava madre. Tuttavia, ciò non lo autorizzava a parlare in quel modo davanti a Kodama.

«Perciò, d'ora in poi mi occuperò io di Kodama. Io e mia moglie non abbiamo avuto figli e abbiamo ottime disponibilità economiche. Potremo garantire a Kodama una vita agiata e felice.»

Nozomi provò un senso di disgusto davanti al sorriso di quell'uomo.

«Capisco quello che dice, prima però vorrei chiederle una cosa...»

Prima di andare lì, Nozomi aveva chiesto informazioni a Madarame: dettagli della composizione familiare, situazione lavorativa, personalità, hobby e preferenze del padre di Kodama. E come al solito, Madarame era stato rapido nelle sue indagini. Il telefono, infatti, aveva squillato nel momento giusto: appena arrivati nell'androne del palazzo.

«So bene che ha la reputazione di essere un ottimo medico. Ha ricevuto molte promozioni ed è un eccellente amministratore delle sue proprietà. Ha una moglie bellissima. L'unica cosa che mi preoccupa è il figlio maggiore, che frequenta il liceo. A quanto pare, negli ultimi due anni ha smesso di andare a scuola...»

Nozomi aveva ricevuto da Madarame un rapporto estremamente dettagliato, ecco perché fu molto diretta nelle sue domande.

«Perché lei ha già un figlio più grande, non è vero?»

Sentendo le parole di Nozomi, il sorriso dell'uomo scomparve. Poi la fissò con occhi freddi. Tuttavia, fu solo per un istante, poiché scoppiò a ridere subito dopo.

«Capisco. Quindi lo avete saputo?»

Mentre diceva questo, continuava a scuotere le spalle in modo divertito.

«Ma per favore non preoccupatevi, davvero. Per noi non esiste nemmeno.»

Nozomi sussultò a quel sorriso. "Che razza di uomo è?"

«Non riuscendo ad avere figli, non abbiamo avuto altra scelta che prenderne uno in affido da una donna anziana. Ma era un bambino che assomigliava così tanto a sua madre che, qualunque cosa facessimo, era un fallimento totale. Invece ho saputo che Kodama è un bambino molto dotato. Ho fatto qualche ricerca su di lui. Non mi aspettavo granché, vista la madre. Ma suo padre è un medico eccellente: Kodama sarà un figlio degno di me.»

Nozomi ripensò a ciò che aveva detto Orie: la maledizione di suo padre. Orie aveva inconsapevolmente scelto un uomo tale e quale a lui: meschino e arrogante.

«Con l'affido, credo che non sia andato bene, perché abbiamo accolto il ragazzo già grande, perciò non ci è stato possibile correggerlo in alcun modo. Ma Kodama è ancora un bambino, quindi sono sicuro che si adatterà bene.»

A quelle parole, Nozomi fece fatica a trattenersi. Non stava scherzando. Era lui a parlare di suo figlio come di un cane o un gatto. Tuttavia, non fece in tempo a esprimere i suoi pensieri.

«Sai cosa, vecchio mio?» Hiroki fu più veloce di Nozomi a prendere la parola. «Non credo che tu sia il padre di Kodama.»

L'uomo tirò fuori un pezzo di carta e disse con un sorriso

freddo e beffardo: «Ecco il certificato: Kodama è mio figlio, senza alcun dubbio».

«Sai una cosa: non me ne frega nulla dei certificati. Non assomigli al padre di Kodama, e non ho intenzione di rivederti.»

Sentendo quelle parole, le guance dell'uomo tremarono.

«Come immaginavo, non siete persone educate. Sapevo che sarebbe stato utile farvi venire qui», disse l'uomo con evidente rabbia.

Grazie a Hiroki, aveva rivelato il suo vero volto.

Nozomi sussultò davanti alla freddezza di quegli occhi. Occhi coercitivi ed esigenti, che ti inchiodano, senza permetterti di reagire. Ne aveva visti molti nei vari nidi.

«La ragione per cui vi ho chiesto di venire qui è perché non voglio che abbiate più niente a che fare con Kodama. Né voi, né sua madre.»

"Se dico qualcosa, mi picchierà", pensò Nozomi. "Di chi era quel pugno? Chi mi guardava con quegli occhi?" I ricordi si affollarono nella sua mente. "Forse Masatsugu, o mio zio. No, il nonno..."

«Resetterò la vita di Kodama.»

"Devo stare zitta, devo stringere i denti. Sta per colpirmi, prima che lo faccia..."

«Ecco i documenti per sua madre. Anche Kodama vuole vivere con me. Se non lo lascia andare, la denuncio per abbandono.»

Sorridendo, l'uomo porse una busta bianca.

«Anche voi siete responsabili. Non avete denunciato l'abbandono. È un reato. Abbiamo prove, quindi state attenti. Credo che sarebbe saggio per tutti voi astenervi dal prendere qualunque posizione.»

Lanciò la busta a Kurebayashi, che la guardò, poi fissò l'uomo e sorrise.

«È da un po' che ti sto ascoltando: le tue parole sono solo minacce e manie di controllo. Hai vissuto la tua vita così?»

L'uomo era sorpreso. La sua arroganza svanì.

Kurebayashi si alzò tranquillamente.

«Se è così, mi dispiace per te. Devi aver avuto una vita difficile. Ma questo non ti dà il diritto di calpestare gli altri.» Mentre parlava, si avvicinò al bambino e lo prese in braccio come se nulla fosse.

«Torniamo a casa. Va bene, Kodama?»

Lui sembrò sbalordito per un momento, ma poi annuì e gli mise le braccia attorno al collo.

L'uomo, naturalmente, si alzò e gridò contro di loro: «Togli subito le mani da mio figlio! Sei un estraneo, lascialo stare! Non ti intromettere!».

Allora Kurebayashi disse sorridendo: «Non lascerò questo bambino in un posto dove gli rovineranno la vita».

Poi si rivolse a Nozomi e Hiroki: «Andiamo a casa. È da maleducati trattenersi troppo a lungo».

In macchina, Kodama spiegò perché era andato dal padre.

«Ogni tanto passavano dei vecchi che non conoscevo... mi chiedevano come stavo e se volevo vedere mio padre. Dicevo di no, che aspettavo Orie-chan. Ma l'altro giorno l'ho vista piangere...»

Nozomi capì. Quella notte, quando era tornata a casa, Kodama aveva sentito la conversazione con Orie.

«Non sapevo che la mamma avesse difficoltà a stare con me. Ho capito che le stavo rendendo le cose difficili. Così ho pensato che se fossi andato da mio padre, lei non avrebbe più pianto. Avevo paura, ma non lo conoscevo, pensavo fosse normale...»

A quel punto, Hiroki, al volante, disse: «No, Kodama! Ti sbagli!».

Kodama annuì e disse di sì, che si era sbagliato. Poi tirò la manica della camicetta di Nozomi: «Lo sai, Nozomi-chan?».

«Cosa?»

«Orie-chan ha detto che ho rubato, vero?» disse Kodama

con uno sguardo perplesso. Ed era chiaro che questa era la cosa che l'aveva mandata in confusione. Dopotutto, era stato a causa di quell'incidente che Orie aveva abbandonato Kodama.

«Ha detto così...» rispose Nozomi in tono sommesso.

Kodama sembrò ancora più turbato.

«Ma io non ho rubato.»

Nozomi inclinò la testa: era confusa. Kodama aveva rubato il pane. "Forse non capisce il concetto di compravendita", pensò.

Kodama si rivolse di nuovo a Nozomi, fissandola negli occhi.

«Non ho rubato. Era stata la ragazza a dirmi che potevo tenermi il pane.»

«La ragazza...»

Poi ricordò. Le tornò in mente il giorno in cui aveva incontrato Kodama per la prima volta. Anche allora aveva detto qualcosa su una ragazza. Ma all'epoca non lo conosceva bene e pensava che stesse cercando di ingannarla con una bugia. Ma ora capì.

«Chi era quella ragazza?»

Quando Nozomi e gli altri tornarono alla Boulangerie Kurebayashi, Orie era seduta al tavolo da pranzo con le mani giunte come in preghiera. Quando vide Nozomi e gli altri, chiese con voce tremante: «Kodama...?».

Kurebayashi le rivolse un sorriso.

«Va tutto bene. L'abbiamo riportato a casa.»

Orie tirò un sospiro di sollievo.

«Sì, è così? Bene...»

«Quando è tornato a casa, era talmente sollevato che è crollato subito sul letto», aggiunse Hiroki sorridendo.

Orie si inchinò e li ringraziò.

«Grazie mille. Mi dispiace di avervi causato tanti problemi...»

Anche Kurebayashi abbassò la testa e iniziò a spiegare.

«No, sono io che devo scusarmi. Tuo figlio non ha rubato. È stato un malinteso.»

Orie lo guardava incredula.

«Un malinteso?»

«Sì. È una storia lunga, ascoltala mentre mangi qualcosa.»

Hiroki andò in cucina e Nozomi fece sedere Orie al tavolo.

«Questo negozio originariamente doveva essere aperto da mia moglie, ma...» cominciò a spiegare Kurebayashi, mentre Hiroki disponeva il pane caldo davanti a Orie. «Poco prima dell'apertura, lei è morta, quindi l'ho aperto io al posto suo.»

Nozomi, seduta accanto a Kurebayashi, ascoltò la storia convincendosi che le cose fossero effettivamente andate in quel modo. Ecco perché aveva deciso di gestire un forno-pasticceria, nonostante fosse così goffo. Probabilmente era per questo che si impegnava così duramente a imparare l'arte della panificazione.

«Kodama era già cliente di mia moglie prima ancora che aprisse il negozio. Veniva spesso a trovarla mentre lavorava i prodotti che avrebbe voluto servire.»

Questo era ciò che Kodama aveva raccontato in macchina.

Quel giorno dalla Boulangerie, che allora era solo un laboratorio, aveva sentito un odore davvero buono e si era chiesto cosa stessero facendo, così aveva dato una sbirciata all'interno. A quel punto era uscita una donna e lo aveva invitato a entrare. Gli aveva fatto assaggiare diverse varietà di pane.

Quando le aveva detto che era delizioso, lei gli aveva risposto che poteva andare a prenderlo quando voleva.

«È dovere di ogni adulto sfamare un bambino.»

"Un dovere di ogni adulto." Ascoltando la storia di Kodama, Nozomi pensò che Miwako aveva detto esattamente la stessa cosa di Kurebayashi. Proprio come ci si aspetterebbe da due anime gemelle.

«Quando Kodama ha preso il pane, non stava rubando. Ho sbagliato, mi dispiace.»

Kurebayashi chinò di nuovo il capo, ma Orie scosse la testa.

«Dunque anche sua moglie si è presa cura di Kodama... Mi sento così in colpa. Non sono una brava madre...»

Kurebayashi agitò la mano, dicendo che si sbagliava.

«È lui che si è preso cura di lei. Io e mia moglie non abbiamo avuto figli. Io lavoravo all'estero. Miwako era sempre sola. Quindi sono sicuro che fosse felicissima che Kodama venisse a trovarla.»

Parlava sorridendo.

«Kodama è un bambino gentile. Penso che avesse capito che mia moglie era sola. Credo sia per questo che continuasse a venire qui. Gli sono grato di aver fatto compagnia a mia moglie per tutto quel tempo.»

Kurebayashi tacque per un momento. Poi, riprese: «Kodama non ruberebbe mai. È onesto, gentile e obbediente».

Orie sorrise amaramente.

«È vero: è bravo nonostante abbia una tale nullità di madre.»

«Ti sbagli. Non sei una nullità.» Orie sembrò sorpresa alle parole di Nozomi. «Se fosse come dici tu, Kodama non ti cercherebbe.» Seppur poco convinta, non poté fare a meno di dirlo. «Kodama ti ama. Dovresti avere più fiducia in te stessa. Per favore.»

Orie fece un respiro profondo. Poi sussurrò qualcosa come per ribadirlo a sé stessa.

Kurebayashi si rivolse nuovamente a Orie.

«Sono stato lontano da mia moglie per così tanto tempo! Le volevo bene più di ogni altra cosa, ma non c'ero. Avrei voluto passare più tempo con lei. Avremmo dovuto stare insieme. Ora è tardi per i rimpianti. So che non posso fare più nulla, ormai, ma ci penso ogni giorno. Vorrei essere stato più presente.» Alzò le spalle con un sorriso amaro, poi proseguì: «So che non è uguale tra genitori e figli, ma forse il rimpianto è lo stesso. Resta con Kodama. Anche se sbagli, imparerai. Ma se lo lasci andare, non potrai più fare niente».

Hiroki mise l'ultimo pezzo di pane nel cestino e lo offrì a Orie.

«Questo pane è stato fatto da Kodama. Ci ha lavorato duramente, in modo da fartelo assaggiare una volta che saresti tornata a casa.»

Orie guardò il pane sorpresa. "Kodama... davvero?"

«Miwako gli aveva detto di regalare il pane alle persone che ama», aggiunse Hiroki.

Nozomi guardò Kurebayashi, che sorrideva.

«Il buon pane fa sorridere.»

Nonostante Nozomi gli avesse detto di aspettare a casa, Kodama era arrivato alla Boulangerie. Quando spalancò la porta, vide Orie e le corse incontro.

Orie accolse a braccia aperte Kodama e lo strinse forte a sé.

«Kodama, mi dispiace. Mi dispiace di averti lasciato solo per così tanto tempo...» disse Orie mentre lo abbracciava.

«No, non ero solo. C'erano tutti loro con me e sono stato benissimo.» Cercando di mostrarsi forte, Kodama nascose la faccia nella spalla di Orie e disse con uno sguardo carico di orgoglio: «Bentornata, mamma!».

Lei replicò: «Sono a casa».

Nozomi li osservò andarsene a casa dalla vetrina del negozio.

C'era qualcosa di familiare in quella scena. Forse l'aveva vista in televisione. Dopo averci pensato un po', capì.

«Anche io!»

"In passato, ogni volta che mia madre veniva a prendermi dopo avermi lasciato da qualche parte, la abbracciavo stretta come un bebè appiccicoso e le dicevo: *Bentornata a casa.* Lei sorrideva felice e mi abbracciava. Mi diceva: *Sono a casa,* e si scusava con me."

«Già...» Nozomi restò in silenzio a riflettere.

Forse alla fine sua madre non le dispiaceva più di tanto. Anche sua madre le aveva insegnato cosa fosse l'amore quando era piccola.

I due uomini erano accanto a Nozomi. In piedi, davanti alla vetrina, iniziarono a parlare.

«Be', le cose sono andate comunque come dovevano andare. Potremmo dire "la quiete dopo la tempesta", ma le cose non sono mai semplici, no? E madri del genere non cambiano facilmente. I bambini sono costretti a crescere in fretta, e questo alla lunga potrebbe prendere una brutta piega.»

Nozomi annuì con convinzione alle parole di Hiroki.

«La mia mamma cuculo rimarrà sempre tale, mentre io, che ero una bambina molto sensibile, ora sono una persona interrotta.»

«Be', ma il fatto che tu ora ti senta in qualche modo "distorta", non significa che sarà così per tutta la vita. Alla fine, le persone "lineari" si contano davvero sulle dita di una mano.»

Nozomi si sentì confortata dall'ottimismo di Kurebayashi.

"Quindi, anche io posso cambiare? Anche se forse non sarò mai in grado di raddrizzarmi completamente", pensò.

«E soprattutto, ciò che c'è di distorto in noi, può adattarsi bene a qualcun altro», proseguì Kurebayashi.

Nozomi sorrise, pensando che Kurebayashi dopotutto riusciva sempre a dire quello che avevi bisogno di sentire.

«Essere distorti non è necessariamente una cosa negativa.»

***

«Penso che sia meglio che tu raccomandi qualcun altro per il posto in Kosovo.» Quando Kurebayashi aveva detto così, Tanaka dall'altra parte del telefono aveva risposto con un sospiro.

«Cosa farai se rimarrai in Giappone?»

Kurebayashi aveva replicato in tutta franchezza.

«Ci sarà un festival estivo nel quartiere. Il nostro negozio avrà uno stand. Dobbiamo concentrarci sulle vendite del pane. Siamo alle prese con lo sviluppo di nuovi prodotti. Per il momento non posso lasciare il Giappone...»

Silenzio al telefono. Per un momento Kurebayashi aveva sospettato che la linea fosse caduta. Ma poi aveva sentito la risata di Tanaka.

«Ah, okay. È per la panetteria di Miwako. Capisco...»

Prima di riattaccare, Tanaka gli aveva detto di richiamarlo se avesse cambiato idea. «Ci sono ancora molti posti in cui c'è bisogno di aiuto.»

Anche Kurebayashi la pensava così. "Finché ci saranno persone, l'aiuto sarà sempre, inesorabilmente, necessario."

Il festival si sarebbe svolto all'inizio delle vacanze estive. Pertanto, Kurebayashi aveva chiesto anche l'aiuto di Nozomi e Kodama nello sviluppo dei nuovi prodotti.

Kurebayashi credeva che il lavoro manuale fosse importante. Come diceva sempre Miwako: *Impastare schiarisce le idee.*

Decisero di vendere churros e ciambelle.

«Le ciambelle di Hiroki sono fantastiche! Immerse nel cioccolato fondente e in quello bianco, le hai assaggiate?» disse Nozomi a Kurebayashi.

«E i churros con salsa di lamponi e salsa di mirtilli? Deliziosi! Ne mangerei fino a scoppiare!» aggiunse Kodama.

Erano pieni di entusiasmo.

Hiroki guardò in lontananza e sorrise.

«Quindi, Kure-san... friggeremo in una cucina bollente, con questo clima torrido! Un'ottima pratica di cottura!»

Kurebayashi rise.

«Già. Sarà un'estate caldissima.»

In occasione del festival estivo, Orie, Madarame e persino Sophia vennero a dare una mano. Nella cucina soffocante,

Sophia lavorava insieme a Orie per friggere le ciambelle una dopo l'altra.

«Come puoi vedere, mi piace fare dolci. Sono brava», disse Sophia, tutta sudata.

Orie, accanto a lei, rise: «Non ne dubitavo!».

Orie era tornata a lavorare come infermiera presso una clinica che conosceva Sophia.

«È una clinica gestita da un medico insolito, quindi ci sono molti pazienti insoliti. Alla fine, un buon modo per studiare la società che ci circonda, no?»

Voleva tornare in ospedale, ma quell'uomo, il padre di Kodama, le aveva sbarrato la strada, impedendole di trovare un lavoro. Così Sophia l'aveva aiutata.

«Quando si è in difficoltà, è bene aiutarsi. Se mi ammalo, voglio un bell'ospedale con bei dottorini! Promettimelo, Orie!»

Inoltre, si era offerta di accompagnarla a gruppi di auto e mutuo aiuto psicologico.

«Ci sono cose che non puoi affrontare da solo. Per questo esistono gli altri.»

«Quanto ti piace fare il melodramma, ti brillano gli occhi! È proprio da te, Sophia!» commentò Madarame in risposta a quell'affermazione.

«Ma se è quello che adori di lei...» Hiroki lo punzecchiò ironicamente.

Kurebayashi non afferrò bene il senso. Come sempre, non capiva le sottigliezze tra uomini e donne. Certo, tecnicamente parlando, non erano proprio uomini e donne, ma i sentimenti umani rimanevano qualcosa di difficile da comprendere per lui.

Non sapeva se Orie sarebbe stata una brava madre, se Kodama sarebbe cresciuto bene. Però pensava che tutto ciò che era nelle sue possibilità fosse continuare a vegliare su di loro.

Kurebayashi aveva finito di friggere, quando ricevette un altro ordine da Hiroki.

«Che cos'è questo? Cosa aspetti? Devi esercitarti ancora con la frittura. Guarda, Sophia e Orie sono molto più brave di te! Forza, c'è da allestire la bancarella! Kure-san, vai a dare una mano a Madarame, che sta facendo tutto da solo!»

Non solo il pane, anche le ciambelle e i churros erano difficili per lui. Ma almeno era bravo ad allestire. Così sistemò lo stand in quattro e quattr'otto.

«Vedo che hai un'abilità innata!» Madarame fu sinceramente sorpreso dal modo di lavorare di Kurebayashi.

Nozomi e Kodama arrivarono alla bancarella con le ciambelle, mentre Hiroki portava i churros.

«Oh, un allestimento migliore di quanto mi aspettassi! Dobbiamo fare molte vendite e pubblicizzare il negozio. Le vendite tendono a calare durante l'estate, quindi dobbiamo accaparrarci più clienti possibili», disse Hiroki mentre disponeva le ciambelle e i churros.

Nozomi e Kodama si occuparono dalla preparazione delle salse.

Poi, come se gli fosse appena venuto in mente, Hiroki disse: «Kure-san e Madarame, mangiate ora. Una volta iniziato il festival, non avrete più tempo». E consegnò loro un sacchetto.

Kurebayashi voleva mangiare con Madarame, ma lui tornò al negozio, preoccupato per Sophia.

«Ah, va bene...» Alla fine non riusciva mai a comprendere le sottigliezze della mente umana.

Si sedette da solo su una panchina e iniziò a mangiare del pane.

«Buono.»

Guardò in lontananza, parlottando tra sé e sé. Il cielo era di colore arancione. Le nuvole fluttuavano stendendo un'ombra cupa sopra di lui. Un cielo estivo, pensò Kurebayashi. Il sole stava tramontando, ma le cicale continuavano a frinire con forza. Kurebayashi si chiese se anche quello dipendesse dal riscaldamento globale.

Ripensandoci, anche Miwako lo diceva sempre.

«Ultimamente le cicale cantano anche di notte. Prima non era così.»

Tuttavia, Kurebayashi non aveva mai sentito le cicale frinire di notte. Questo perché non aveva mai trascorso un'estate in Giappone con Miwako.

«Kure-san!»

Nozomi uscì correndo dalla sede del festival.

«Ah, Nozomi-chan!»

Nozomi si avvicinò e si sedette accanto a lui, con in mano un sacchetto di pane, dicendo che Hiroki le aveva intimato di mangiarlo subito. Quindi cominciò a frugarne il contenuto.

«Dove è finito Madarame?»

«È tornato al negozio. C'era qualcosa che lo preoccupava, ma non so cosa...»

Nozomi, tirando fuori un *melonpan*, rispose con una voce strana, mettendo il broncio.

«Be', mi potevi chiamare. Non dovevi mangiare da solo...»

Incapace di comprendere il significato delle parole e del broncio di Nozomi, Kurebayashi si limitò a sorridere in risposta.

«Ma il pane è buono anche se lo mangi da solo.»

A quel punto Nozomi si imbronciò ancora di più e, corrugando le sopracciglia, disse: «Certo che se una cosa è buona, è buona anche da soli... Ma... se lo mangiamo insieme, il pane è buono lo stesso...».

Fu in quel momento che un vecchio ricordo tornò alla mente di Kurebayashi.

«Se lo mangiamo insieme...»

Nozomi non riusciva a capire. Kurebayashi era rimasto abbagliato dai ricordi del passato che si svolgevano davanti ai suoi occhi.

«Sì, ora che ci penso...»

Era stato più o meno quando aveva mangiato il pane insieme a Miwako sulla riva della Senna a Parigi.

Il pane è un cibo democratico. Semplice e versatile: si può mangiare per strada, al parco, ovunque. Anche se non hai un tavolo dove sederti, anche se non hai nessuno accanto a te, puoi morderlo e godertelo. Il buon pane ha lo stesso sapore per tutti.

Quando Miwako aveva detto quelle parole, Kurebayashi aveva pensato: "Be', certo che è così. Ma se lo mangiamo insieme, sarà altrettanto buono".

Gli occhi di Miwako si spalancarono. L'uomo si chiese perché lo guardasse in quel modo anche se le era così vicino.

Nella solitudine il pane le era di conforto, disse con un sorriso amaro.

Lui ci pensò, ma non sapeva come ribattere, così si limitò a sorridere e a dire: «Di cosa stai parlando? Non sei sola. Ci sono io qui».

Questo fu tutto ciò che riuscì a dire. Tuttavia, a modo suo, fece del proprio meglio. Per qualche motivo, non poteva lasciare Miwako a sorridere della solitudine.

La prima volta che avevano mangiato insieme, Miwako lo aveva osservato con uno sguardo stranito, ma la volta successiva non aveva più avuto quel sorriso amaro, e aveva iniziato a ridere divertita.

Poi mormorò a bassa voce, commossa: «Grazie, Kurebayashi. Finalmente mi sento un po' in salvo».

Non si era mai reso conto che quelle non erano lacrime di gioia, ma di gratitudine.

«Incredibile.»

Capì. Miwako gli aveva dato metà del suo cuore per averla salvata.

"Miwako... Che sciocco."

Quello che aveva detto in quel momento era il suo modo di ringraziarlo.

«Era questo che intendeva...»

«Kurebayashi... che succede?»

Nozomi lo stava fissando, sorpresa dalle intense emozioni che attraversavano il suo viso, di solito congelato in un perenne sorriso.

"È naturale", pensò lui. "Chiunque si stupirebbe vedendomi sul punto di piangere in un momento simile."

«Cosa c'è che non va? Ho detto qualcosa di sbagliato?»

Kurebayashi scosse la testa di fronte alla reazione agitata di Nozomi.

«Mi dispiace, sono io che sono strano.»

Kurebayashi si coprì il volto con le mani. E pensò di nuovo al destino.

"Anche se non capisco i sentimenti degli altri, Miwako in qualche modo si era sentita in salvo grazie alle mie parole."

Questo è per ringraziarti, Yōsuke, per avermi salvato a Parigi. Per favore, usa la metà del mio cuore come desideri.

Quando lui e Nozomi tornarono allo stand, tutti gli altri li stavano aspettando. Li accolsero con un sorriso, urlando che era tardi e tenendo in mano un cartello improvvisato con la scritta BOULANGERIE KUREBAYASHI.

Il cuore di Kurebayashi si riscaldò alla loro vista. Allora se ne rese conto.

"Il cuore è ancora qui. Quella metà è intatta."

Il frinire delle cicale riempiva l'aria della sera. Soffiava un vento caldo.

L'astro che brillava in cielo e che iniziava a tingersi di indaco doveva essere Venere.

La notte stava arrivando.

INDICE

Finito di stampare nel mese di marzo 2025
presso Grafica Veneta – via Malcanton 2, Trebaseleghe (PD)

GRAFICA VENETA
GV CARBON NEUTRAL

Questo libro è fabbricato da Grafica Veneta S.p.A.
con un processo di stampa e rilegatura certificato 100% carbon neutral
in accordo con PAS 2060 BSI

PEFC
PEFC/18-31-226

Certificato PEFC
Questo prodotto è realizzato con materia prima da foreste gestite in maniera sostenibile e da fonti controllate
www.pefc.it